당신이 좋아지면,

밤이 깊어지면

안희연 산문

당신이 좋아지면,
밤이 깊어지면

ㄴㄴ > < ㄷㄴ

차례

1부
밤을 재운다

2부
이렇게 아픈 얼굴을
쉽게 가져도 되나

3부

**어쨌든 무릎이 깨졌다는 건
사랑했다는 뜻이다**

당신이 좋아지면, 밤이 깊어지면,

지금껏 누구에게도 해본 적 없는 이야기를 들려주고 싶어져요.

1부

밤을 재운다

귤의 시

귤

제철 과일을 성실하게 챙겨 먹는 편은 아니지만 귤이라면 사정이 달라진다. 귤이라면, 귤을 먹지 않고 겨울을 보냈다고 할 수 있을까.

귤을 샀다. 당도 선별, 12브릭스Brix 이상. 귤은 상자째 사서 탑처럼 쌓아놓고 먹어야 제맛인 과일. 무엇보다 먹는 과정이 부산스럽지 않아 좋다. 칼과 접시, 포크를 챙기느라 분주하지 않아도 되고(누가 과일을 깎을 땐 왜 그 손만 집중해서 보게 되는 걸까) 색감마저 다정하다. 귤 먹는 모습을 보면 그 사람을 조금은 알 수 있다. 나는 귤을 하나 집으면 말랑말랑해질 때까지 주무르다 먹는 타입. 귤에 붙어 있는 흰색 줄도 꼼꼼하게 제거하는 편. 그런데 그 흰색 줄, 귤 귤橘 자에 이을 락絡 자를 써서 '귤락'이라 불리는, 그게 실은 섬유질덩어리라 떼어내지 않는 게 좋단다. 아무려나 맛있는 귤. 한 손에 쏙 들어오는 귤. 당신이 궁금하면, 함께 귤을 먹어야겠다는 생각. 그러다 당신이 좋아지면, 밤이 깊어지면, 지금껏 누구에게도 해본 적 없는 이런 이야기를 들려주고 싶어진다.

　귤, 하면 떠오르는 장면이 있어요.

　제 외가는 경기도 연천이라는, 휴전선에 인접한 작은 시골 마을에 있어요. 마을 구성원 대부분이 농업에 종사하는 평범한 마을이에요. 집 앞으로는 아담한 마당이 있고 뒤로는 꽤 큰 규모의 축사가 자리한 2층짜리 양옥집에선 막내 외삼촌 내외가 외조모 외조부를 모시고 살았어요. 삼촌 내외는 슬하에 1남 1녀를 두었고요. 명절에 외가에 가면 어른들은 이른 저녁부터 거실에 술상을 봤어요. 할머니는 직접 담근 천마주를 아낌없이 꺼내왔고요. 큰 자개장롱이 있는 안방에선 할아버지가 24시간 내내 모로 누워 텔레비전을 보셨고(주무시는 듯해 채널을 돌리면 왜 채널을 돌렸냐는 목소리가 뒤통수에 날아와

박히고) 작은방에선 주로 남자 사촌들이 모여 손바닥만한 게임기에 머리를 박고 있었지요. 저는 어디에도 흥미를 느끼지 못하고 이 방 저 방 기웃거리다 결국엔 중간방으로 돌아오는 아이였어요. 중간방은 그 집에서 가장 이질적인 공간이었답니다. 삼촌 가족의 주요 생활공간이었던 그 방은 시골살이에는 묘하게 어울리지 않는 외숙모의 세간이나 어린 사촌의 장난감으로 채워져 있었거든요. 부모 반대를 무릅쓰고 어린 나이에 절연하듯 시집와 시부모를 모시고 살아야 했던 외숙모를 떠올리면, 몰려오는 밀물이 있습니다. 그 방이 하필 '중간방'인 것도 아이러니하고요(이러지도 저러지도, 머물지도 떠나지도 못하는 마음 같잖아요). 그때 제 눈에 비친 그 방의 사물들은 별세계의 문물 같기만 하였답니다.

그 방에 혼자 있었던 순간이 있습니다.

남의 물건에 함부로 손을 대는 게 예의가 아니라는 걸 알면서도 어린 사촌의 장난감에 시선이 갔어요. 그건 아이가 있는 집이라면 흔히 찾아볼 수 있는 클레이(점토) 통이었습니다. 뚜껑을 열었더니 신비로운 빛깔의 점토가 들어 있었죠. 그런 색은 처음 보았어요. 오묘한 검푸른빛. 혹등고래의 왼쪽 눈동자 같은. 저는 통을 뒤집어 손바닥 위에 점토를 쏟았습니다. 그리고 감싸쥐었습니다. 그러자 펑! 그 즉시 가루가 되어 바스러지는 것이 아니겠어요?

쯧쯧. 누가 귤을 거기에 넣어놨다니. 얼마나 오래됐으면 수분이 다 날아갔을까. 괜찮아, 별일 아니니까 얼른 가서 손 닦아.

어른들에겐 대수롭지 않은 일이었겠으나 제게는 일생의 사건으로 남았습니다. 제 영혼의 푸른 공이 공중분해된 기분이었어요. 뭘 만졌으면 촉감이라는 게 존재해야 하잖아요. 부서졌으면 잔해가 남아야 하잖아요. 그런데 그건 그냥 무無였어요. 치울 것도 없이 깨끗한 바닥만이 비웃듯이 저를 보고 있었어요. 그 중간방. 혼자였던.

그날 제가 만진 것은 무엇이었을까요.

그거? 뭐긴 뭐야 귤이지. 귤? 귤은 까먹는 거고. 당신은 무심히 대꾸합니다. 아마도 아끼려고 그랬겠지. 아껴놨다 혼자 먹으려고. 귤은 숨기기 좋은 얼굴을 하고 있잖아, 라고.

저는 상상합니다. 아마 당신도 귤을 숨겨본 적 있는 사람

일 거라고. 당신의 귤은 무엇이며 당신은 그 귤을 어디에 숨겨두었을까요. 겨울은 겨울의 속도로 흐르고, 숨겨둔 귤은 잊혀가고, 우리는 또 삶에 노랗게 질린 얼굴로 무력무력 나이를 먹겠구나 생각합니다.

그러나 아직 창밖은 겨울. 당신은 제 속을 읽었는지 불쑥 이런 말을 꺼냅니다. 그나저나 까먹는다는 말 좋다. 귤을 하나씩 까먹을 때마다 기억이 하나씩 지워지는 거야. 난로에 귤 구워 먹으면 진짜 맛있는 거 알지. 차가운 귤을 까먹으면 차가운 기억이, 따뜻한 귤을 까먹으면 따뜻한 기억이 지워진다면 좋겠다. 이렇게 난롯가에 도란도란 앉아서, 가장 가까운 기억부터 먼 기억까지 서둘지 않고 지우면, 그렇게 우리가 이 세상에서 사라지고, 그런 뒤에도 남는 귤 하나가 있다면,

당신은 거기서 말을 멈추었고,

나는 어쩐지 당신 머릿속에서 조용히 떠올랐다 사라진 풍경을 알 것 같다. 하지만 다른 말을 덧붙이지는 않고 아직 많이 남아 있는 귤 바구니를 당신 앞으로 쓱 밀어놓는다. 그래서 어디에 숨길 건데? 나한테도 비밀로 할 거야? 묻고 싶은

마음은 안으로 삼키고 귤을 통해 귤 너머를 본다. 혹등고래의 왼쪽 눈. 내 영혼의 푸른 공. 나는 그 귤을 어디에 숨기려는 걸까. 이번에는 손에 쥐어볼 생각 않고 그저 멀리서 바라보기만 한다. 먼 훗날, 이 세상에 더는 내가 남아 있지 않은 아침을 상상하면서.

누가 밤을 꿀에 재울 생각을 한 걸까

보늬밤조림

보늬밤조림을 주문했다. 주문 페이지 상단에는 이 밤조림
이 공주산 가을 햇밤으로 만든 것이며 답례품으로 좋은 사이
즈라는 설명이 친절하게 적혀 있다. 300밀리리터짜리 투명
한 유리병에는 몇 개의 밤이 담겨 있으려나. 리뷰를 살펴보
니 양이 적다는 이야기가 대부분이다. 맛있는데 양이 적어서
아쉬워요. 그래서 또 주문했어요. 평소 같으면 몇 병을 주문
할까 고민했을 텐데 이번만큼은 결정에 시간이 걸리지 않았
다. 양이 적다는 말에 이상하게 마음이 끌려서다.

제철을 훌쩍 넘긴 엄동설한에 때아닌 밤조림을 떠올린 건
멀리서 원반 하나가 날아와 명치를 때린 탓이다. 원반. 누구

의 소행인지 알 수 없는 시간의 원반.

　지난겨울 언니와 나는 짬을 내어 공주를 찾았다. 길게는 아니고 다른 일로 지방을 다녀오던 길에 반나절 정도 잠시 선로를 이탈한 것이다. 이번 공주 방문에는 소기의 목적이 있었다. 이름하여 아바타 여행. 우리 자매를 뒤에서 조종한 이는 다름 아닌 엄마였다.

　사연인즉 이러하다. 공주는 엄마와 아빠가 대학 시절을 보낸 곳이자 두 사람이 서로를 알아보고 손을 잡고 달밤을 걷다 평생이고자 약속한 곳. 그로부터 사십여 년의 시간이 흐른 지금, 그 시간의 증거인 두 딸은 엄마 아빠의 가장 예뻤을 때를 만나러 물살을 거슬러오른 것이었다.

　언니와 나는 한껏 들떠 있었다. 교대 정문으로 들어가면 사제동행상이 있으니 일단 거기서 사진을 한 장 찍어. 정문 등지고 왼편에 음악실이 있었어. 음악실에서 풍금 연습하고 시험도 보고 그랬었는데 생각해보니 아빠를 거기서 처음 만났어. 풍금 시험 낙제해서 재시험 보러 온 몇 학번 위 선배들이 있었는데 아빠가 그중 하나였던 것 같아.

엄마는 우리보다 더 신이 난 듯했다. 수화기 너머 쉼없이 쏟아지는 말을 다 받아 적을 수 없어 포인트가 될 단어만 메모했다. 정문. 사제동행상. 왼편 음악실. 아빠 처음. 풍금. 정문 나오면 제민천. 제민천 따라 칼국숫집 즐비. 중동칼국수. 단골. 특이점 고추 다진 것을 줌.

그 메모가 그날의 표지판이고 방향지시등이었다. 자매는 엄마의 지시에 따라 민첩하게 움직였다. 사제동행상 앞에서 사진을 찍고, 음악원 건물 앞을 서성이고, 트랙이 그려진 운동장에선 깔깔거리며 아빠의 프러포즈를 트집 잡고.

"아빠 진짜 멋대가리 없지 않냐? 엄마가 운동장에서 달리기하는 거 보고 이 여자랑 결혼해야겠다, 결심이 섰다잖아. 지구력과 근성이 있다, 적어도 자식들 밥은 안 굶기겠다, 생각했다고."

엄마는 종종 그 이야기를 했다. 그래서 아빠가 그렇게 일찍 세상을 떴나보다고 기어이 한마디를 더 보태 우리를 슬픔에 빠뜨렸지만.

학교 정문을 나오자 곧바로 제민천 산책로가 이어졌다. 제민천은 공주 구시가지 한복판을 남북 방향으로 흐르는 긴 하천으로 최근에는 하천을 따라 아기자기한 카페나 베이커리, 서점 등이 생겨나 걷는 재미가 쏠쏠했다. 여긴 여름이 좋겠다. 여름에 노상에서 커피 마시면 유럽 온 기분 나겠는데? 그나저나 검색해도 안 나오는데 엄마가 이야기한 칼국숫집은 어떻게 찾지? 제민천가에서 해바라기하는 어르신들에게 '중동칼국수'의 위치를 물으니 거긴 진즉에 사라지고 없다는 답변이 돌아온다.

자매는 숨을 고르기 위해 잠시 카페에 들르기로 한다. 공주는 밤이 유명해서 카페마다 밤을 활용한 메뉴가 하나씩은 꼭 있다. 밤으로 만든 아이스크림과 라떼를 주문하고 자리에 앉아 멍하니 창밖을 보는데 언니의 말이 불현듯 이쪽으로 건너온다. "공주 말이야…… 내 예상보다 따뜻한 도시 같아. 엄마 아빠가 따뜻한 곳에서 젊은 날을 보냈다니 안심이 된다." 나는 말없이 고개를 끄덕인다. 다행에 동의하면서.

곧이어 나온 보늬밤 아이스크림 위엔 먹음직스러운 밤조림이 올려져 있다. "언니 미안. 내가 이거 한입에 다 먹어버렸어." 반반씩 나눠 먹기로 했는데 번번이 욕심 많은 내 차지다. 이럴 땐 동생인 게 좋다. 언니가 밤조림의 끝부분을 살짝 잘라 맛만 봤다는 걸 알면서도 그랬다. 심지어 밤조림 위에 있던 좁쌀만한 피스타치오 조각도 나만 먹었다(그게 진짜 요물이었는데 말이지). 밤조림은 따로 판매하지 않는다는 카페 사장님 말이 서운하게 들렸지만, 오늘의 목표는 전진. 자매는 백제 시대에 축성된 유적 공산성을 향해 쉬지 않고 걸었다. 숨이 차고 허벅지가 뻐근했다. 고소공포증 생길 것 같아. 운동 좀 할걸. 꼭대기에 다다른 뒤에야 반환점에 도착했음을 알았다. 이제 더는 과거로 갈 수가 없네, 더이상은.

거기서부터는 다시 이전의 질서를 따랐다. 시간은 자비 없이 흘러 금세 노을 지고 밤이 왔다. 서울로 돌아오는 기차 안, 자매의 말수는 급격히 줄어들었다. 추운 날 꽤 많이 걸은 탓일까. 집이 멀어서였을까. 그러나 진짜 이유는 따로 있었으리라.

그때 나는 영화 〈블루 발렌타인〉(2010)의 연인, 신디와 딘을 떠올리고 있었다. '한 사랑의 탄생과 종말'이라는 지극히 평범한 서사를 그렸음에도 이 영화가 이루 말할 수 없이 특별했던 건 영화의 서사가 선형적 흐름을 따르지 않았기 때문이다. 엄밀히 말하면 선형은 선형이되, 거꾸로 선형적이었다는 표현이 맞겠다. 영화는 가장 처참하게 부서진 날로부터 시작된다. 서로의 얼굴을 향해 술병을 집어던지고 할퀴기 위해 말하는 연인을 비춘다. 그렇다면 마지막 장면은? 전속력으로 달려가 끌어안는 연인이 있다. 달려가고도 더 달려가지 못해, 끌어안고도 더 끌어안지 못해 찬란했던 시절이 거기 있다.

그날, 밤의 차창에서 마주한 것은 내 부모의 그러한 시절이었다. 몸은 반환점을 돌아 기차에 실려왔으나 마음은 아직 그곳에 남아, 어떤 고통에도 침식당하지 않고 침식당해서도 안 되는 얼굴을 계속 쓰다듬고 있었다.

그땐 살아 있었던 아빠를.

이 악물고 운동장을 달리던 엄마를.

풍금 재시험을 보기 위해 강의실로 들어온 무리 속에서 두 사람의 눈이 마주친 순간.

내가 저 먼 우주로부터 전속력으로 날아오고 있었을 때.

시간은 원반던지기 놀이를 즐긴다. 솜씨도 좋아 백발백중 명치를 가격하고 뒤통수를 명중시킨다. 그러니 우리에겐 적당량의 보늬밤조림이 필요하다. 누가 밤을 꿀에 재울 생각을 한 걸까. 재운다는 말은 왜 이리 다정하면서도 아플까. 자장자장. 밤을 재운다. 다시는 돌아올 수 없는 시간을 재운다. 이런 밤이라면, 아껴 먹지 않을 도리가 없다.

시칠리아에서 시나몬스틱까지의 삶

시나몬

밤 열시가 넘은 시각, 엄마에게 갑작스런 문자가 왔다.

케비에스2

지금

시칠리아에 있는 집 1유로에 판다고 함

우리 살까?

즉시 채널을 돌려보니 정말로 1유로에 집을 팔고 있었다. 이탈리아 시칠리아섬에서 급격한 인구 감소로 섬 자체가 유령화될 위험에 처하자 시의회 소유의 빈 주택들을 경매에 내

놓은 것이다. 매물들은 해발고도 450미터에 위치한 살레미 마을에 자리해 있는데, 근처 유적지와도 가까울뿐더러 일 년 내내 온화한 기후를 자랑한단다. 경매는 온라인으로도 참여 가능하며 낙찰 후 숙박업 등으로 용도 변경시에는 세액 공제 혜택도 주어진다고.

순간 이탈리아의 태양빛이 정수리 위로 쏟아지는 듯했다. 마당의 흔들의자에 반쯤 누워 책을 읽다 스르륵 잠드는 삶. 테이블 위엔 올리브와 와인이 항시 놓여 있고 피부는 구릿빛으로 그을려 건강한 윤기가 도는.

그러나 역시 딸들은 무심하기 짝이 없었고,

큰딸: 엄마 그거 본방송 아니라 재방송이래

엄마: 지금도 살 수 있을까? 가서 수리하고 사는 거래.

작은딸: ㅋㅋㅋㅋ 됐어.

엄마의 소망을 실현 가능성 없는 낭만으로 소급하며 황급히 대화를 종료해버렸다.

며칠이 흘렀을까, 일과를 마치고 탈곡기에 탈탈 털린 듯한 몰골로 지하철에 실려오는 중이었다. 갑자기 시칠리아라는 단어가 머릿속에 전구처럼 켜졌다. 내 주제에 시칠리아는 무슨. 속으로는 그렇게 생각하면서도 손은 어느새 휴대폰 검색창에 시칠리아를 적어넣고 있었다. '의정부 시칠리아' '시칠리아식 카르보나라' 등의 연관 검색어가 차례로 떴다. 그중 '시칠리아식 카르보나라'를 클릭하니 텔레비전 프로그램 〈생활의 달인〉 방송분이 소개되어 있었다. 카르보나라를 만들 때 휘핑크림 같은 장난을 치지 않고 오로지 '날달걀'로만 승부를 본다는 게 핵심이었다. 사진 속 카르보나라에 올려진 계란 노른자는 활화산의 분화구 같았다. 포크로 톡 터트리는 상상을 하자 입안에 군침이 돌았다. 하지만 고독한 미식가는 못 되는 내겐 자동 연상으로 파김치가 떠올랐다. 저렇게 국물(?)이 없으면 금세 퍽퍽해지겠네. 카르보나라는 뭐니 뭐니 해도 생크림과 베이컨과 슬라이스 치즈를 때려(?)넣고 자박자박 끓여야 제맛이지. 오늘 저녁 메뉴로는 신김치를 총총 썰어넣은 청국장이 좋겠다고 생각하면서.

우연인지 필연인지 그즈음 뱅쇼 키트를 선물받는 일이 있었다. 내색은 안 했지만 뜨끔했다. 시칠리아에 집 못(?) 사는 설움(?)이 일파만파 커져 온 우주가 나를 돕고 있는 건가. 동봉된 와인은 시칠리아와 직접적인 연관은 없었지만 하나의 상징으로서 나의 삶 전반을 환기시켰다. 떠날 수 없는 나를 대신해 긴 여행을 다녀온 마음 같기도 했다. 이국의 정취와 여행의 피로를 공평히 품은 얼굴로 그것은 말했다. 어떤 맛일지 경험해보렴. 달기만 하거나 쓰기만 한 삶은 없어. 달고도 쓴 삶이 있을 뿐이지.

정말 그런지 확인해보기로 했다. 집에서 뱅쇼를 끓이는 건 처음인데다 키트에도 따로 설명서가 들어 있지 않아 살짝 긴장이 됐다. 선물한 이는 '다 넣고 끓이기만 하면 된다'며 자신감을 북돋아주었다. 그래서 의심의 여지 없이 냄비에 '다 넣고' 끓이기만 하였던 것인데…… 불에 올리고 한 10분쯤 지났을까, 냄비 뚜껑을 열었다가 화들짝 놀라고 말았다. 와인은 온데간데없이 사라지고 시나몬 스틱과 과일 조각들만 볼품없이 바닥에 찰싹 붙어 있는 것이 아닌가. 이쯤 되면 신이 주신 절호의 수정 기회임을 깨닫고 정신을 차렸어야 했는데 '아무래도 와인이 부족했던 모양'이라는 우매한 결론에 이르게 된다. 이어서 근처 편의점으로 달려가 저렴한 와인 두 병을 더 사 오는 민첩함을 보인다. 냄비에 두 병의 와인을 더 들이붓는 측은함까지 발휘한다. 5분 뒤 강불에 펄펄 끓던 뱅쇼 바닥에 둥둥 떠 있는 시나몬 스틱이 "너 바보야?"라는 얼굴로 이쪽을 보고 있음을 감지, 뒤늦게 레시피를 검색했을 때는 머그컵 기준 딱 반잔의 뱅쇼만이 남아 있었다는 슬픈 이야기.

깔깔깔. 야. 뱅쇼는 팔팔 끓이는 거 아니야. 끓기 시작하면 바로 불 줄이고 뭉근한 불에 아주 살짝 알코올기만 날아가도 록 데우는 거야.

뱅쇼 키트를 선물했던 친구는 귀가 떨어져나가라 웃고.

그래, 그래서 네가 행복하다면 됐다.

와인 세 병을 머그컵 반잔으로 만드는 연금술은 그렇게 끝이 났다. 그리고 나는 혼잣말을 얻었다. 내 주제에 시칠리아는 무슨. 시칠리아는 무슨.

그래도 의외의 수확은 있었다. 머그컵 위로 비쭉 솟아오른 시나몬 스틱의 존재가 참으로 늠름해 보였다는 것. 이 난리

통에도 너는 형질의 변화 없이 네 자리를 굳건하게 지키는구나. 아무렴, 너 없는 뱅쇼는 상상조차 할 수 없지. 향도 맛도 풍부해지고 심지어 건강에도 좋으니 세계 3대 향신료다운 존재감이구나.

그러고 보면 나는 시나몬을 참 좋아하는 사람이었다. 카푸치노 위에 톡톡 뿌려 먹는 시나몬가루의 풍미를 사랑하고 수십 종의 빵이 진열돼 있어도 시나몬롤 앞에서는 예외 없이 걸음을 멈추는 사람. 물론 언제든 구할 수 있고 물리적으로 손에 쥘 수 있다는 이유로 번번이 이것과 저것을, 시나몬 스틱과 시칠리아의 집을 견줄 것이다. 그때 그 1유로짜리 집을 샀었더라면. 그런 맹목이라도 있어야 삶이 덜 지루하지 않나. 사실은 모험심과 용기 부족, 삶을 대하는 태도의 문제라는 걸 알면서도 저 먼 집을 애석해하고 이 시나몬 스틱은 하찮아하는 일이 반복되리라는 것을.

하지만 그날 머그컵 위로 비쭉 솟아오른 시나몬 스틱은 말했다. 양손에 쥘 수는 없겠지만 반드시 하나를 선택해야 하는 게임은 아니란다. 너는 시나몬 스틱의 삶을 위해 시칠리아의 삶을 포기한 것이 아니라, 시나몬 스틱에서부터 시칠리아까지의 스펙트럼을 살아가고 있는 거야. 그건 얼마나 드넓고 풍성한 시간이니.

와인 세 병을 공중분해시킨 사람치곤 너무 긍정적인 결론인가. 다섯 모금 만에 끝난 뱅쇼는 그래도 맛있었다. 그러면 된 거 아닌가.

거짓의 쓸모

논알코올맥주

편의점 맥주 네 캔 만 원 시대가 끝났다. 이제는 네 캔에 만 천 원.

만 원이나 만천 원이나 겨우 천 원 차이 아니냐고 무심히 넘겨버리기엔 그 의미가 남다르게 다가온다. 만 원에 네 캔이라 좋았는데. 한 장이면 넷으로 불어난다는 곱셈. 사분의 일이 주는 안정감이랄까 공평함이랄까. 동서남북 같고 기승전결 같고 때로는 비틀즈 생각도 났는데. 존 레논, 폴 매카트니, 조지 해리슨, 링고 스타. 셋이거나 다섯인 비틀즈를 상상할 수 없듯 렛잇비 렛잇비 흥얼거리며 그날의 조합을 궁리하는 즐거움이 있었다. 첫 캔은 식전주 느낌으로 써머스비나

버니니 레몬이 좋지. 두번째 캔은 향긋한 IPA. 세번째 캔은 역시 깔끔한 라거여야 할 테고, 마무리는 부드러운 흑맥주로 화룡점정을 이루리라. 편의점에서 집까지는 느린 걸음으로 걸어도 2분. 가끔은 그 2분이 못 견디게 길어 골목에서 맥주 캔을 따 벌컥벌컥 마시기도 했다. 목이 말랐던 건지 하루가 말랐던 건지. 그럴 때 맥주는 삶의 필요충분조건이다. 기쁜 날에도 슬픈 날에도 맥주는 맥주로서 맥주의 일을 한다. 맥주의 쓸모에 대해서라면 의심의 여지가 없다는 뜻이다.

쓸모. 쓸모는 내게 무척 중요한 단어다. 용도, 기능, 소용 등 유의어는 여럿이지만 쓸모는 그중에서도 가장 품이 넓은 단어 같다. 호주머니의 쓸모, 울타리의 쓸모, 침묵의 쓸모, 밤의 쓸모…… 세상 만물에는 저마다의 쓸모가 있고 그것을 일깨우는 것이 쓸모의 쓸모다. 시인에게도 쓸모는 있을 것이다. 시인의 쓸모를 생각하면 이런 문장이 실타래처럼 풀려 온다.

몽당연필의 쓸모; 열심히 산 것 같은 기분을 느끼게 한다.

땅거미의 쓸모; 종이로 만들어진 세계가 반으로 접히는 시간. 언젠가부터 얼굴에 해가 들지 않는다. 나는 서서히 납

작해져간다.

문장은 문장을 추종하며 달려나가고 가끔은 그 과정에서 어렴풋한 시의 싹을 발견하기도 한다.

비밀의 쓸모, 노래의 쓸모, 이웃의 쓸모, 쪽빛의 쓸모. 어떤 단어든 쓸모라는 말을 붙여보면 그것에 대한 선호가 분명해진다. 전쟁의 쓸모, 차별의 쓸모. 그런 쓸모는 몇 번을 고쳐 생각해봐도 용납이 되지 않는다. 잠시도 곁에 두고 싶지 않다. 그렇기에 가늠할 수 있다. 동행하고 싶은 단어인지 아닌지. 중요한지 덜 중요한지. 수학 공식처럼 딱 떨어지는 법칙은 아니지만 적어도 내 삶을 운용해나가는 데 꽤 도움이 되는 소거법이다.

그런데 좀 헷갈리는 경우가 있다. 이를테면 거짓의 쓸모 같은. 하루는 편의점에서 맥주를 고르다 논알코올맥주 섹션을 마주치고는 깜짝 놀랐다. 한두 종류가 아니라 한 레일 전체를 차지하고 있는 거였다. 알코올 없는 맥주의 세계가 이렇게 방대해지다니, 나도 모르게 콧방귀를 뀌었다. 이 무슨 경천동지할 일이란 말인가. 카페인 없는 커피나 붕어 아닌 붕어빵처럼 사물의 본질을 흐리는 이토록 기만적인 처사라니! 논알코올맥주는 맥주계의 이단아, 맥주인 척하는 거짓이다. 적어도 내가 이런 거짓에 속아넘어갈 일은 없을 것이라 자신했다.

며칠 뒤에는 롯데칠성에서 만든 '미치동'이라는 음료를 접했다. 동치미를 뒤집어 상호로 삼은 저 신통방통한 기획에 일차 충격을 받았고(동치미맛이라고 한다), 음료 겉면에 적힌 '시원함에 미친 그곳'이라는 홍보 문구에 이차 충격을 받았다(심지어 동네였다니). 곧이어 '리뷰 쓰려고 술 먹었어요. 다음날 숙취 해소 실험해보려고요.' '동치미가 되고 싶어 애썼지만 뜻대로 되지 않은 치킨무 국물이 자신의 처지를 비관하여 탄산수에 몸을 던진 맛'이라는 후기를 따라 읽으며 굉장히 복잡한 심경이 되었다. 동치미의 입장에서 보면 미치동은 분명한 거짓인 셈인데, 이렇게까지 진심인 거짓이라면? 미치동의 쓸모, 미치동의 쓸모…… 결국엔 수긍을 하고야 말았다. 이건 너무 사랑스러운 거짓이잖아!

거짓에 대한 생각을 이어가다보니 불현듯 이런 기억에도 닿는다. 우리 자매는 어려서 할머니 손에 자랐다. 맞벌이를 하셨던 부모님은 아침이면 어김없이 출근을 해야 했고 어린 자매는 번번이 엄마랑 헤어지기 싫다고 울고불고, 전쟁이 따로 없었다고 한다. 그래서 고안해낸 궁여지책이 있었으니 자매를 슈퍼마켓으로 데려가는 것이었다. 자매가 좌판에 놓인 사탕이나 초콜릿에 잠시 한눈을 파는 사이 엄마는 가게 뒷문으로 빠져나가고 자매는 언제 그랬냐는 듯 막대사탕을 오물거리며 할머니를 따라 집으로 오고. 기억에는 없지만 그 사탕, 엄청난 맛이었을 것이다. 사탕에 무슨 죄가 있겠는가. 사탕이라는 거짓의 쓸모는 옳다. 그래서 생겨난 충치의 쓸모는 조금 다른 문제겠지만.

또는 이런 거짓도 있다. 아빠 돌아가시던 날, 막내 외삼촌에겐 두 가지 미션이 있었다. 늦은 밤 병원 주차장에 세워진 삼촌 차 안에서 꾸벅꾸벅 졸고 있는 어린 자매를 집에 데려다놓고 앨범에서 매형의 영정용 사진을 꺼내올 것. 그리고 다음날 사돈어르신(할머니)과 어린 조카들을 빈소로 다시 데려올 것. 그날 밤 나는 눈에 졸음이 가득한 채로 가족 앨범이 어디 있냐고 묻는 삼촌의 목소리를 듣고 있었다. 사돈어르신 오늘은 일단 주무세요. 자세한 사정은 내일 말씀드릴게요. 그런 말들이 차례로 오가던 것을 기억한다. 진실을 유예하는 것도 거짓의 일종일까. 결국 삼촌은 할머니가 빈소에 도착하는 순간까지도 아빠의 죽음을 선고하지 않았다. 할머니라고 뭔가가 잘못되어가고 있음을 모르지 않았을 것이다. 그러나 어느 쪽도 먼저 말하거나 듣지 않은 채로 건너온 그 하룻밤이 내게는 일생일대의 거짓으로 남아 있다. 그 밤, 우리가 머문 곳은 비눗방울로 만들어진 방공호 안이었다. 곧 터져버릴 것을 알면서도 잠시나마 안전했다. 돌아오지 않는 막내아들을 불안 속에서 기다렸을 할머니도, 앨범 위치를 묻는 삼촌 말에 아빠의 죽음을 직감했다는 겨우 열 살짜리 언니도, 혼곤한 잠에 빠져 있던 어린 나도 그 밤만큼은 거짓의 비호를 받았다. 그다음은 예견된 대로였다. 밀려들었고, 휩쓸렸고, 비명을 지를 새도 없이 떠내려갔다.

거짓의 쓸모를 필요와 불필요로 단순하게 가를 수는 없을 것이다. 거짓에는 수천수만의 층위가 있음을 삶이 내게 가르쳐주었으니까. 어떤 거짓은 붉고 어떤 거짓은 서글프다. 어떤 거짓은 축축하고 어떤 거짓은 창백하다. 악랄하고 섬뜩한 거짓 앞에선 몸이 굳기도 할 테지만 귀여운 거짓 앞에선 사랑이 건너가기도 할 것이다. 맥주를 마실 수는 없지만 맥주한 모금이 절실한 사람에게 논알코올맥주의 존재는 진실을 능가하는 거짓이듯이.

　고백하자면 딱 한 번, 논알코올맥주를 사 마신 적이 있다. 밤길이 자꾸 나를 유년의 골목으로 데려다놓아 하염없이 눈물이 흐르던, 어느 쓸쓸했던 밤의 귀갓길에서 말이다.

복모구구 伏慕區區

유가 사탕

출퇴근 길 항상 지나는 삼거리에 마트가 하나 있다. 어느 날엔가 점포 정리 안내문이 붙더니 물건 상자들이 골목 앞까지 꺼내져나왔다. 식료품은 물론 생필품에 이르기까지 종류도 다양했는데 개중 나의 시선을 붙드는 상자가 있었다. 봉지 사탕이 넘치게 담긴 '전 품목 2천 원' 상자. 청포도, 누룽지, 말랑카우, 유가. 유가? 불시에 할머니 생각이 났다. 봉지 겉면에 사실적인 소 그림이 인쇄된, 청우식품에서 만든 그 유가 사탕이었다.

이게 아직도 나오는구나. 피식 웃고 지나쳤다가 걸음을 되돌렸다. 크라운제과의 땅콩카라멜이나 스카치 캔디, 여러

맛을 한꺼번에 모아둔 종합 캔디 같은 주전부리를 할머니는 자주 드셨더랬다. 할머니를 떠올리면 생각나는 음식은 사탕 외에도 어마어마하게 많지만, 나에게 프루스트의 마들렌은 유가 사탕인 모양이다. 그날 먼지가 뽀얗게 내려앉은 사탕 봉지를 기어이 사 들고 온 걸 보면.

사탕 봉지는 곧장 책상 서랍 속으로 들어갔다. 아무에게도 들키지 않고 혼자 먹기엔 서랍이 제격이었다. 책상 서랍 속에 넣어두고 생각날 때마다 하나씩. 일과중 입이 심심할 때에도, 격무로 현기증이 나 몸속 세포 하나하나에 설탕의 기운을 전해야 하는 순간에도 서랍은 수시로 열렸다. 입에 잘 맞아서는 아니었다. 유가 사탕에서는 흔한 탈지분유맛이 났고 그건 내가 그리 좋아하지 않는 종류의 단맛이었다. 그럼에도 계속 사탕을 찾았던 건 그 과정이 할머니를 만나는 의식처럼 느껴졌기 때문이다. 할머니는 이걸 무슨 맛으로 드신 걸까? 유가 사탕의 색과 모양은 영성체를 떠오르게 했다. 성냥팔이 소녀가 성냥을 켜듯이, 사탕을 입에 물고 있는 동안에는 춥지 않다는 착각이 들었다.

유가 사탕의 효과였던 걸까. 며칠 뒤 할머니가 꿈에 다녀가셨다. 그런데 기쁘지가 않았다. 할머니가 다녀가신 뒤의 내 마음은 처참하기 그지없었다. 이 몇 줄 되지도 않는 꿈을 여러 날에 걸쳐 아프게 적었다.

나는 폐허가 된 도시에서 깨어났다. 건물들은 붕괴되어 있었고 화약 연기는 사정없이 코를 찔렀다. 사람들은 분주해 보였다. 이쪽에서 다시 저쪽으로, 저쪽에서 다시 이쪽으로. 스스로 몸을 일으킨 나를 보고 부축은 호사라는 듯 거친 목소리가 내리꽂혔다. 마을 어귀로 가면 합동 분향소가 있으니 그곳에서 당신 가족을 찾으라고.

분향소는 셀 수 없을 만큼 많은 방으로 이루어져 있었다. 엄밀히 말하자면 방은 아니었고 유리 칸막이로 구획된 작은 공간들에 가까웠다. 방 하나에 영정 하나. 그리고 사람들. 곳곳에서 흐느끼는 소리가 들려왔으나 꽃도 초도 충분했기에 완전히 캄캄하지만은 않았다. 그런데 어디에도 나의 할머니는 없었다. 나의 할머니는.

몇 개의 방을 지나왔을까. 너무 울어서 뭉개진 얼굴로 나는 걷고 있었다. 보다 못한 누군가가 내 팔을 붙잡고 말했다.

앞이 아니라 위로 가야 해요. 당신 할머니는 하늘방 5000호 실에 결박되어 있다구요. 결박이라니. 왜 나의 할머니에게 휴식, 영결도 아닌 결박이라는 단어를 쓰는가. 나는 반미치 광이처럼 하늘방을 향해 내달리기 시작했다.

하늘방은 지상과는 비교도 되지 않는 높이에 있었다. 고 개를 들면 끝없이 이어진 계단뿐이었다. 고도가 높아질수록 하늘방을 가리키는 팻말도 아무렇게나 방치되기 일쑤였고 어느 순간부터는 그조차 아예 보이지 않았다. 가까스로 하 늘방 5000호실에 도착했을 땐 — 방은 다인원이 투숙 가능 한 수련원처럼 넓었다 — 다섯 명의 사람이 보였다. 조근조 근 대화를 나누며 음식을 나누어 먹는 이도, 지친 듯 벽에 기 대어 눈을 감고 있는 이도 있었지만 방안 어디에도 나의 할 머니는 없었다.

나는 잠시 앉아 기다려보기로 했다. 화장실에 가셨는지도 몰라. 시간은 빠르게 흘러갔다. 외출이 길어지시는지도 몰라.

그때였다. 불현듯 방구석에 쌓인 이불더미에 시선이 갔 다. 이상한 느낌에 사로잡혀 황급히 이불을 걷어내자 거기, 나의 할머니가 있었다. 웅크린 나의 할머니. 꽁꽁 언 것처럼 미동 없는 할머니. 나는 할머니를 일으켜 품에 안았다. 그러자 할머니가 녹기 시작했다. 나의 작디작은 할머니가 녹으면서, 온기를 되찾으면서, "희준이니?" 물었다.

잠에서 깨어난 나는 한참을 우두커니 앉아 있었다. 아침 출근 준비로 바쁜 남편에게 두서없이 꿈 이야기를 하며 울음을 터뜨리기까지 했다. 할머니가 언니를 희준이라 불렀거든. 희진이를 부르는 할머니식 발음이었어. 할머니 돌아가시기 몇 해 전에 큰아빠 댁에 할머니 뵈러 간 적이 있거든. 눈도 안 보이고 귀도 침침한 할머니가 방에 돌처럼 앉아 있는 거야. 할머니 팔을 잡고 우리 왔다고, 희진이랑 희연이 왔다고 큰 목소리로 말을 거니까 할머니가 "희준이니?" 했어. 그렇다고, 희준이라고 고개를 끄덕였는데 생각해보니 그날이 할머니를 마지막으로 본 날이었어. 내가 찾으러 올 때까지 차갑게 얼어계셨을 할머니를 생각하면…… 용서가 안 돼, 용서가. 나는 주먹으로 가슴이며 머리를 마구 쳤다. 나 자신에게 화가 나서 견딜 수가 없었다.

돌아가신 지 팔 년이 가까워오건만 할머니가 꿈에 찾아온 건 그때가 두번째다. 처음 찾아오신 게 2016년 8월경이니 꽤 오랜만의 방문인 셈이다. 날짜를 기억하는 건 그날의 꿈을 기록해둔 덕분이다. 그런데,

할머니와 함께 버스를 타고 해안 도로를 달리는 중이었습니다. 할머니가 까주신 삶은 계란을 받아먹으며, 때아닌 소풍에 신이 나서, 모처럼 천진하게 웃고 까불었습니다. 성인이 된 이후로 이렇게 즐거웠던 적이 있었나 싶었습니다. 그런데 이상했습니다. 할머니의 안색이 급격히 어두워지더니 몸이 물컹물컹한 피 주머니로 변하는 것이었습니다. "할머니. 왜 그래. 어디 아파?" 너무 놀라 할머니를 끌어안았는데 피 주머니가 터져 바닥이 흥건했습니다. 저는 피 묻은 손을 들여다보며 엉엉 울다 잠에서 깨어났습니다.

그날도 할머니는 피 주머니로 다녀가셨다. 이왕 오실 거 좀 좋은 모습으로 오시지, 함부로 흘려보낼 수도 물로 씻을 수도 없는 피만 남기고 갔다.

할머니를 떠올리면 가장 먼저 드는 감정이 죄책감이라는 사실이 못내 아프다. 사랑과 그리움은 뒷전이고 죄책감이라는 화살에 관통당해 옴짝달싹 못한다는 사실이. 나의 유년 그 자체였던 할머니. 매일 붙어살던 식구였으나 아빠 돌아가신 뒤엔 몇 년에 한 번 만날까 말까 할 정도로 소원해진 할머니. 할머니와 할머니 사이에 아득한 골짜기가 있다. 죽음이 한 일이고 시간이 벌린 간극이라는 것을 알지만 화살은 좀처럼 뽑히지 않는다. 뽑힌 뒤에도 뽑히지 않는 화살이다.

'복모구구'라는 사자성어를 처음 마주했던 날이 떠오른다. 엎드릴 복, 그리워할 모, 구구할 구. 삼가 사모하는 마음 그지없습니다. 편지를 시작하기에 앞서 적는 말. 그날 이후 내가 쓰는 모든 글의 첫 문장은 복모구구가 될 것임을 직감했다. 백지 앞에서는 코를 박고 엎드리는 일이 먼저다. 만나려고. 찾으려고. 내가 쓰면서 갈 때 저쪽에서도 당신이 걸어오기를. 내 안에서 당신이 녹지 않기를. 불가능하다는 걸 알면서도 묻는다. "거기 있어?"(「돌의 정원」) 대답을 듣지 못해도 말한다. "내가 그리로 갈게, 꼭 살아서 갈게"(「겨울의

45

재료들」).

  유가 사탕은 한낱 성냥에 불과하다는 것을 안다. 바람은
예외 없이 불을 꺼트릴 테고 본격적인 겨울은 아직 시작도
하지 않았다는 것 또한. 그래도 아직은 내게 유가 사탕이 남
아 있다. 서랍 속에 아직은 있다.

당신의 바탕색

바나나튀김

약속 장소로 가는 내내 후회를 했다. 소영씨와 약속을 잡을 때만 해도 여름이 멀게 느껴졌는데 날이 이렇게 갑자기 더워질 줄은. 그때 내가 제안한 점심 메뉴는 쌀국수였고 뜨거운 국물을 먹는 일이 벌칙처럼 느껴지는 날씨였다. 일반적인 쌀국수랑은 다르게 생토마토와 큼지막한 새우, 레몬 조각이 들어간 붉은 쌀국수거든요. 똠얌꿍이랑 비슷한 느낌인데 향신료맛이 강하지 않아 초심자도 무난히 먹을 수 있고요, 감칠맛이 장난 아니에요. 지난겨울엔 이게 너무 먹고 싶어 혼자 식당을 찾았던 적도 있어요. 부연에 부연을 더해가며 고집부린 결과가 이런 습도 이런 무더위라니. 그러나 소영씨는 워낙에 수평선 같은 사람이다. 만나자마자 정신없이 사과부터 하는 내게 평정심을 잃지 않고 응수했다. 괜찮아요. 저 쌀국수 좋아해요.

소영씨는 그림을 그리는 사람이다. 우리는 시를 매개로 만났고 두어 차례 함께 작업한 인연이 있다. 시의 문장을 드로잉으로 드로잉을 다시 시의 문장으로 '번역'하는 작업이었다. 소영씨가 이메일로 작업물을 처음 보내왔을 때 받았던 충격이 생생하다. 분명 나의 시집 속 문장으로부터 출발했다고 했는데 어떤 문장인 거지? 그 문장이 소영씨를 관통하며 어떤 화학작용을 일으킨 거지? 소영씨의 작업은 시를 떼어놓고 보더라도 그 자체로 독창적이며 많은 이야기를 담고 있었다. 단순하게 복잡했고 무엇보다 온전했다. 조금도 감상적이지 않은 방식으로. 소영씨의 작업은 나의 심부를 건드렸고 쓰고 싶은 충동을 불러일으켰다. 나는 소영씨의 이미지를 시의 문장으로 번역해 보냈고 그 문장들은 새로운 이미지로 번역되어 내게 되돌아왔다.

우리는 자리에 앉아 간단히 안부를 나눈 뒤 음식을 주문

했다. 나는 고대하던 토마토 해산물 쌀국수를, 소영씨는 분짜를 골랐다(분짜는 숯불에 구운 고기, 야채 등을 느억맘 소스에 찍어 먹는 '차가운' 음식이다. 역시 날이 너무 더웠던 것이 분명하다). 나눠 먹을 곁들임 음식으로는 바나나튀김을 골랐다. 전채 요리가 아니라 디저트라기에 되도록 천천히 내어주실 것을 요청했다. 소영씨와의 식사는 조금도 서둘고 싶지 않으니까.

막 개인전을 마친 소영씨는 조금 홀가분한 눈치였다. 전시를 마무리하고 짧은 여행을 다녀왔으며 수영을 시작했다는 소식도 전해왔다. 그 말이 어찌나 다행스럽게 들리던지. 이번 소영씨의 개인전은 전시 규모도 크고 작품에 몰두하는 에너지도 상당해 보인 터라 내심 염려를 했다. 힘의 균형을 맞추는 일이 맘처럼 쉽지 않다는 걸 아니까. 전시장 한쪽 벽면을 가득 채운 검은 바탕의 그림 앞에서 — 이번 전시작 중 가장 큰 그림이었다 — 소영씨는 말했었다. 바탕으로 칠해놓은 검정이 자신에게 유리하지 않은 색이어서 위압감이 들었노라고. 소영씨는 우선 바탕을 마련하고 그 위에 이미지들을 쌓아 공간과 서사를 구축해나가는 방식으로 작업을 하는

데 특히나 그 그림은 이미지들 간의 시차가 큰 편에 속한다고 했다. 그만큼 물리적 난관도 심리적 부침도 심했다는 뜻일 테다. "그래서 일부러 잘 보이는 곳에 꺼내뒀어요." 소영 씨 말에 놀란 토끼 눈을 떴다. 왜 그리 스스로를 괴롭히느냐고 따져 묻고 싶은 마음이 턱끝까지 차올랐으나 안으로 삼키고, 대신 고통을 자처하는 태도에 대해 생각했다. 인간의 마음은 왜 이렇게 얄궂은 것일까, 라는 생각도.

작가에게 유리한, 안도감이 들고 때로는 의존하기도 하는 (바탕)색이 따로 있다는 이야기도 흥미로웠지만 이쪽의 내가 바탕이 내뿜는 에너지에 대적하면서 그림을 그려나간다는 표현도 놀랍게 다가왔다. 시인에게도 캔버스에 준하는 백지가 있지만 백지는 하얗게 주어지는 것이지 그 위에 색을 입힐 수 있으리라고는 한 번도 생각해보지 못했다. 우리가 보는 모든 색은 빛 없이는 존재할 수 없는 것이라던데, 백지는 세상 모든 빛으로부터 등을 돌려서 백지인 것일까. 나의 백지는 어떤 색, 어떤 장소였을까.

불현듯 「선고」라는 시를 쓸 때의 마음이 떠올랐다. 나에게 백지는 잠에서 나오지 않는 한 사람을 깨우러 가는 땅, "모든 악몽 위에 세워진/고요의 땅"과 같았다. 잠든 이의 눈꺼풀을 열면 흑백 필름에서처럼 눈발이 흩날리고, 나는 그 안으로 걸어들어가 소실점에 이를 때까지 걷는다. 그리로 가면 당신을 찾을 수 있을 것 같아서다. 소실점에 이른다는 말에는 어폐가 있다. 소실점은 나의 현재 위치로 말미암아 생겨나는 방향이지 도달할 수 있는 좌표나 목적지가 아니다. 그럼에도 그곳에 당신이 있다는 믿음 없이는 한 걸음도 걷지 못할 것 같다. 신발은 헐겁고 날은 차다. 집은 폭설에 파묻힌 지 오래다. 이것이 나의 바탕이다. 가야 한다.

소영씨도 검은 바탕을 앞에 두고 이런 생각을 했을까. 붓을 들고 선 검은 바탕이 다이빙대 같았을까. 수시로 뒷덜미를 낚아채는 손이 있어 무서웠을까. 나열되고 쌓여가는 소영씨의 이미지들에 소영씨는 왜 〈신기루의 내부〉라는 제목을 붙였을까. 지금 우리는 마주앉아 후루룩후루룩 국수를 먹고 있는데 나는 국수 너머의 소영씨를 상상하느라 온 신경을 쏟고 있었다. 아직 아무것도 그려지지 않은 소영씨의 검은 바탕을 들여다보고 있었던 건지도 모른다.

때마침 바나나튀김이 현실의 테이블로 배달되었고, 그것

은 그날의 하이라이트였다. 입속에 한입 넣자마자 환호성이 터졌다. 튀김옷은 극도로 얇고 바삭했으며 그 위에 뿌려진 코코넛칩과 연유는 입맛을 돋우는 역할을 톡톡히 했다. 소영 씨는 바나나튀김을 처음 먹어본다고 했다. 나도 그랬다. 살 면서 처음 먹어보는 음식이 있다는 것도, 그 처음을 함께 경 험했다는 사실도 좋았다. 바나나튀김 네 조각을 두 조각씩 사이좋게 나눠 먹고 기분 좋게 식당을 나서며 여긴 쌀국수가 아니라 바나나튀김 맛집이네요, 했다.

소영씨를 만나고 온 뒤엔 기분 좋은 여진이 있다. 소영씨 를 만난 날은 지나간 시간을 복기하고 자책하며 괴로워하지 않는다. 자주 만나 시시콜콜한 일상을 나누는 사이는 아니지 만 소영씨가 내게서 멀다는 생각은 들지 않는다. 나는 소영 씨의 작업을 마음 깊이 응원하며 소영씨와 나누는 대화는 언 제나 내 안에 물방울처럼 맺힌다. 갈증을 느낄 때마다 하나 씩 머금기 좋게.

여름도 아니면서 여름인 척하던 6월 초의 어느 날, 식당을 나선 우리는 양쪽으로 나무가 도열해 있는 교정을 잠시 걸었다. 나는 자주 땅을 봤다. 우리가 걷는 이 길도 누군가 칠해 놓은 바탕인 것 같아서. 나도 소영씨도 각자의 바탕 위에서 홀로인 순간이 훨씬 많겠지만 가끔 이렇게 만나 바나나튀김을 나눠 먹을 수 있다면 그것 나름으로 근사한 홀로라는 생각이 들어서.

그날 소영씨는 내게 작은 그림을 선물해주었다. "이제 추상 작업도 조금씩 해보려고요." 전시를 보러 갔을 때 특히 좋다고 손으로 가리켰던 그림이었다. 기억하고 있었던 것이다. 이렇게 귀한 걸 넙죽 받아도 되나 싶다가도 그림에서 시선을 거둘 수가 없었다. 이미 거기 제자리인 듯 놓여 있어서. 벌써 기울어졌고 쏟아져서. 뒤늦게 전하는 마음이지만 제게는 망막 같았어요. 엄마 뱃속에서 막 꺼내진 아이가 처음 눈 뜰 때요. 그 눈, 그 망막에 맺혀 있을 무엇. 이 작은 그림이 제게 그 시간을 떠올리게 해요. 볼수록 깊은 푸름입니다.

왜 절단된 신체를 그리느냐는 말에 신체를 절단한 것이 아니라 필요한 부분만 그린 거라던 소영씨. 예쁜 그림이 아니라 정확하고 정직한 그림을 그리는 소영씨. 저는 언제나 당신의 바탕색이 궁금합니다. 그 위에 써내려갈 당신의 이야기도요. 그것이 무엇이든 기쁘게 기다리고 있습니다. 바나나 튀김 맛집을 찾았으니 홀로의 끝에서 만나요, 우리.

* 김소영 작가 개인전 〈신기루의 내부〉는 2022년 4월 21일부터 5월 6일까지 온수공간에서 열렸다. 소영씨와의 협업은 2018년 MMCA 레지던시 세미나, 문예지 『토이박스 vol.3 유령』을 통해 소개되었다.

내 영혼의 케이크 상자

케이크

어느 늦은 밤, 일렬횡대로 걸어오는 남자 넷을 마주쳤다. 회식을 마친 듯 얼큰하게 취한 그들의 손에는 똑같은 케이크 상자가 들려 있었다. 재미난 풍경이네. 가족들 반응이 궁금하군. 또 술이냐는 푸념이 먼저일까, 반가움이 먼저일까. 아무려나 파티는 시작되겠지? 네 사람의 뒷모습을 골똘히 살피며 누가 먼저 케이크를 사자고 제안했을지 상상해보았다. 이걸로 주세요. 저는 이걸로 할게요. 순식간에 진열장 한 줄이 비어버리는 장면도.

따뜻하지만 내게는 아픈 장면이기도 했다. 술에 취해 치킨을 사 들고 오는 아빠, 기어이 잠을 깨워 까슬까슬한 뺨을 비

빈 대가로 용돈을 건네는 아빠가 내겐 없었으니까. 그 밤에 건네진 것이 케이크 상자라면 더욱 부럽고 황홀한 일이다. 생일도 아닌데 케이크 상자를 품에 안는 행운은 아무에게나 주어지는 게 아니다.

　어린 날 케이크 상자는 먼 나라에서 온 초대장 같았다. 나는 초조해하며 상자가 열리기만을 기다렸다. 하지만 상자는 번번이 뜸을 들였다. 보고 싶니? 하지만 기다려야 해. 그렇게 쉽게 비밀을 누설할 순 없지. 상자는 불투명했고 상단의 일부 투명한 부분을 통해서만 안쪽을 들여다볼 수 있었다. 전부를 볼 수 없어 갈급했지만 전부를 볼 수 없기에 상상이 시작되었다. 훗날 마주한 케이크가 상상과 달라도 상관없었다. 어떤 색 어떤 모양 어떤 맛이든 온전히 사랑할 준비가 되어 있었으니까.

　짤랑거리는 두 개의 종 역시 나를 설레게 했다. 상자 겉면에 부착된 증정용 폭죽 말이다. 가느다란 실을 잡아당기면 펑! 터지는 환희. 어른들은 위험하다며 손도 대지 못하게 했다. 청소년기를 지나면서는 어느 정도 위험을 제어할 수 있게 됐지만 여전히 폭죽이 내 차지가 될 확률은 높지 않았다. 폭죽은 둘이고 축하를 위해 모인 사람은 여럿. 삶은 순서대로 굴러가지 않는 법이다. 그래도 상심하지는 않았다. 목청껏 노래 부르고 손뼉 치는 것만으로도 좋았다. 케이크는 본래 둥글다. 몇 조각으로든 나뉠 수 있고 어느 방향에서 다가오든 모두에게 공평하다.

그런데 그 폭죽, 언제부터 사라진 걸까. 이제 케이크를 사도 폭죽이 따라오지 않는다. 안전을 위한 조치였겠지만 아쉬움이 크다. 이제 폭죽은 드리지 않습니다. 폭죽 공장 사장님에게는 청천벽력 같은 소식이었을 것이다. 창고에 산처럼 쌓인 폭죽을 보며 얼마나 아득했을까. 아무도 찾아오지 않는밤, 창고 바닥에 홀로 앉아 펑 펑 폭죽을 터뜨리는 한 사람을 생각한다. 어쩐지 시를 쓸 때의 내 모습 같다.

일 년에 한 번은 누구나 초의 주인이 된다. 마냥 기쁘지만은 않은 일이다. 내 입김을 필요로 하는 초들, 내가 꺼뜨려야 하는 성난 시간 같다. 매년 한 칸 한 칸 기차의 다음 칸이 생겨나는 기분이다. 어려서는 그렇게 두근거리던 케이크가 어쩌다 이런 지루한 궤도가 되었을까. 이번 생일에도 당부를 했다. 초는 하나만 꽂아. 나이 광고하기 싫으니까. 나를 너무 잘 아는 언니는 그래서 하트 모양 초를 준비했으니 걱정 말라며 나를 다독인다. 하트 초 꽂았어. 너 하트 살이야. 하트 살이라니 나쁘지 않다. 곰돌이 모양 초 꽂으면 곰돌이 살, 나무 모양 초 꽂으면 나무 살이려나? 축하도 사랑도 받을 줄 아는 사람이 계속 받는다. 나는 계속 연습하고 있다.

케이크를 앞에 두고도 얼마든 불화할 수 있지만 본질적으로 케이크는 사랑의 토대 위에 차려지는 음식이다. 케이크 상자에서 케이크를 꺼내는 손을 상상해보라. 안에 담긴 것이 무엇인지 뻔히 알아도 매번 처음인 듯 환호하게 만드는 힘이 그 손엔 있다. 케이크가 있는 날은 언제든 생일이다. 기념일이다. 어쩌면 케이크는 인간의 모든 날에 필요한 것 아닐까. 기쁨의 축제뿐 아니라 슬픔의 축제, 고통의 축제가 한창인 날들에도.

폭죽과 잔해. 찰나의 반짝임과 어둠. 축제의 끝에는 텅 빈 케이크 상자가 남는다. 상자를 묶고 있던 끈, 일회용 칼, 촛

농이 흘러내린 초들, 폭죽 껍데기도 바닥을 뒹군다. 길가에 버려진 케이크 상자 위로 바퀴가 지나가고 계절이 지나간다. 아무도 치우는 이가 없다.

내 영혼의 케이크 상자는 어디쯤 오고 있을까. 조심성 없이 흔들려 한쪽으로 쏠린 건 아닌가, 뭉개지거나 상하지는 않았나 노심초사 기다린다. 딩동, 벨이 울리고 케이크 상자를 받아안을 때 너무 가벼워서 실망할까봐 두렵다. 그래도 그것은 나의 케이크. 나의 영혼.

케이크 제작자에게 의뢰서를 쓸 수 있다면 이렇게 적을 것이다. 저는 꾸덕꾸덕 묵직한 초코 케이크가 좋아요. 한입만 먹어도 든든한. 혀끝에 닿는 순간 모든 시름이 잊히는. 제게 진실은 그런 것이에요. 그래도 이왕이면 최대한 예쁘게 부탁드려요. 티 없이 맑은 영혼 꽉꽉 채워서, 천천히 얼른 오세요.

굴을 사랑해서 벌어진 일

굴

어려서는 입에도 못 대던 음식을 제 발로 찾게 되는 경우가 있다. 대표적인 음식이 감태와 굴이다. 고소하고 짭짤한 국민 음식, 호불호가 갈리지 않는 김과 달리 감태는 바다 향이 짙고 끝맛이 쌉쌀해 잘 먹지 못했었는데 언제부턴가 감태 맛을 알아버렸다. 흰쌀밥 위에 감태가 놓여 있는 장면은 미학적으로도 아름답다. 영롱한 초록빛 그물이 빛의 입자들을 움켜쥔 것 같은 모양새다. 감태와 명란, 감태와 묵은지. 응용할수록 깊고 풍성해지는 감태의 존재는 나를 미식의 길로 이끌었다. 김보다 감태를 더 좋아하게 되었을 때는 이렇게 어른이 되는 건가 남몰래 생각한 적도 있다.

굴은 좀더 특별한 경우다. 어려서는 물컹한 식감과 비릿한 향이 진저리나게 싫었다. 어쩐 일인지 요즘은 겨울만 되면 내 쪽에서 굴 먹으러 가자 성화다. 레몬즙 솔솔 뿌려 먹는 산지 직송 석화는 말할 것도 없고, 뜨거운 굴국밥 한술이면 마음의 밑바닥까지 달래진다. 안주로는 계란을 입혀 노릇하게 구운 굴전을 최고로 치고, 뜨거운 물 자박하게 부어 누룽지까지 긁어먹는 굴돌솥이라면 게임 오버. 추운 겨울날 용사처럼 장갑 끼고 먹는 굴찜의 풍경 앞에선 인류애가 솟아난다. 사는 거 뭐 있나. 이렇게 굴이나 까먹으며 늙는 거지. 산처럼 쌓인 굴 껍데기를 뒤로한 채 가게 문을 나설 때면 이제 좀 겨울답다는 생각이 든다.

내가 생각해도 놀랍다. 오랫동안 나는 내가 굴을 싫어하는 사람이라 생각해왔다. 그간 제대로 먹어보지도 않고 편견을 가졌던 것일 수도 있고 사실은 굴에 이끌리는 인자가 내 안에 잠복해 있다가 뒤늦게 활개를 치는 것일 수도 있다. 왜 성격도 그렇지 않은가. 성격은 변한다 변하지 않는다 논하는 건 공허한 일 같다. 사람마다 특정할 수 있는 성격이랄 것도 없으리라는 생각이다. 한 사람의 몸은 수많은 사람이 거주하는 장소일 뿐, 내 안의 무수한 내가 커졌다 작아졌다 때론 소멸하기도 하면서 나라는 외피를 움직여가는 것일 테다. 굴을 사랑하는 나도 그중 하나.

굴, 하면 떠오르는 장면도 많다. 대학 때 아르바이트를 해 난생처음 월급을 받던 날, 곧장 마트로 달려가 어리굴젓을 샀던 기억. 어리굴젓 한 접시를 맛있게 비우셨던 엄마 생각이 났기 때문이다. 멋도 없이 검은 비닐봉지에 덜렁덜렁 건넨 마음이었어도 엄마는 두고두고 그때 이야기를 하신다. 엄마와 나 사이에 놓인 어리굴젓은 그러므로 썩지 않는 사랑, 우리를 묶어주는 끈.

내 생애 가장 맛있었던 굴도 언니와 함께 먹은 것이다. 당시 나는 언니와 함께 스페인을 여행중이었다. 하루는 바르셀로나 라 보케리아 시장에 갔다. 하몽, 치즈, 빵, 튀김, 각종 과일 등 진귀한 먹을거리들이 사방에서 여행자를 유혹하는 곳이었다. 싱싱한 굴이 담긴 진열장을 지날 때 언니와 약속이라도 한 듯 눈이 마주쳤다. 우리 이거 먹을까? 언니가 물어왔을 때 나는 단칼에 거절했다. 미쳤어? 유럽에서 굴을 어떻게 먹어. 이거 우리 하루치 숙박비일걸. 그러나 언니는 호기롭게 내 소매를 이끌더니 굴 네 피스와 샴페인 두 잔을 주문해버렸다. 잔이 꺼내지고 샴페인 뚜껑이 열리는 순간까지도 도망치고 싶은 마음이었다. 그런데 웬걸, 굴 하나를 호로록 입에 넣는 순간 레드카펫이 깔리고 팡파레가 울리는 거였다. 금욕 따윈 필요 없어! 올지 안 올지 모를 미래를 생각하느라 현재의 즐거움을 포기해선 안 돼! 그날의 굴이 내 인생관을, 나아가 세계관까지를 바꿔놓았다고 말하면 너무 과장일까. 아무려나 그 굴이 내 인생 최고의 굴이 되리라는 걸 그때는 짐작조차 하지 못했다. 호로록호로록. 두 입으로 끝나버린 짧고도 황홀했던 축제여.

한번은 굴을 먹는 행위에 대해 진지하게 생각해본 적이 있다. 굴뿐 아니라 모든 먹는 행위가 그렇겠지만, 굴의 신선도를 논하며 쩝쩝거리는 나 자신이 비정하고 폭력적으로 느껴져서다. 굴에 관한 이모저모를 찾아본 것도 그즈음이다. 굴은 사새목 굴과에 속하는 연체동물로 자웅동체라는 특성이 있다. 서식지는 조간대의 바위이며 부착생활을 한다. 이 몇 줄 안 되는 정보들이 거센 해일로 변해 나를 덮쳐올 때가 있었다. 동물, 조간대, 바위, 부착생활 같은 단어들이 굴이라는 존재의 취약성을 보여주는 지표로 다가왔기 때문이다. 식재료로서의 굴이 아닌 생명으로서의 굴을 바라본 건 그때가 처음이었다.

유난히 비린 맛이 강하거나 상한 굴을 마주한 날에는 팀 버튼의 『굴 소년의 우울한 죽음』이나 이기성의 시 「굴 소년의 노래」를 떠올리기도 했다. 그들의 작품에서 굴은 우울과 동의어였다. '굴 소년'들은 저를 낳아준 부모로부터 버림받고 좁은 골목에서 홀로 공을 차며 논다. 딱딱한 껍데기 안에 여리고 물컹한 속살을 감추고 가파른 바위에 흡착해 살아가는 삶. 무엇이 그들을 그렇게 만들었을까. 그날 이후 굴을 생각하면 출구 없는 동굴에 갇힌 기분이 들었다.

평면에 불과하던 굴이 입체성을 가진 세계로 변모했으니 이제 나는 굴을 굴로만 대할 수 없을 것이다. 그렇다면 나는 앞으로 굴을 먹지 않게 될까? 굴 앞에서 애처로움을 느끼는 것도 잠시, 금세 자비 없는 포식자의 자리로 돌아가지 않을까? 굴의 자리에 다른 무엇을 놓더라도 이 질문은 유효하다. 생명이 식재료가 되는 일은 매일의 식탁 위에서 벌어진다.

동물을 잡아먹고 사는 일이, 환경을 파괴하지 않고 살 수 있는 인간은 없다는 사실이 지긋지긋한 굴레처럼 여겨진다. 인간이기에 할 수 있는 노력을 게을리하고 싶지는 않지만, 인간이라는 한계를 인정하는 것도 중요하다는 생각이 든다. 나는 쉽고 단순한 잣대가 아니라 어렵고 복잡한 잣대로 나라는 인간을 바라보고 싶다.

다만 무언가를 먹는 일이 그것을 잘 사랑하는 일과 다르지 않기를 바라는 마음이다. 김사인 시인의 시「먹는다는 것」(『어린 당나귀 곁에서』, 창비, 2015)에 이런 구절이 있다. 먹는다는 것은 "내 안을 허락"하는 행위인 동시에 "허락이 있어야 하는 일"이라고. "몸 너머 영혼 속에까지 너를 들이고 싶은" 욕망은 인간의 입을 탐욕스럽게 벌리겠지만, "먹는다는 것은 먹힌다는 것"인 까닭에 "죽음처럼 아찔"한 기억을 남긴다고.

나는 내 입안으로 들어온 그 아찔한 죽음들을 잊지 않으려 한다. 굴을 먹는다는 건 굴을 둘러싼 바다를, 굴의 탄생과 슬픔, 그늘과 가난까지를 끌어안는 일. 내 몸은 수많은 죽음의 정거장이라는 사실을 상기하며 오늘도 식탁에 앉는다. '무

엇을 먹을 것인가'라는 문장을 '어떻게 사랑할 것인가'로 읽

는 사이 발치로 바다가 밀려와 있다.

2부

이렇게 아픈 얼굴을
쉽게 가져도 되나

본 못 자국과 못 본 못 자국

부엉이 촛대

나의 책장에는 책보다 귀한 대접을 받는 존재가 있다. 일명 로열층, 시야에 가장 먼저 들어오는 구역에 입주해 있는 부엉이 (혹은 올빼미) 장식품들이 그것이다. 나무를 깎아 만든 것도 있고 세라믹, 청동, 천으로 된 것도 있다. 내 방 내 책장이 생기고부터 하나둘 사 모으기 시작한 것이 이제는 일가를 넘어 부족을 이루었고 책장을 장식하는 용도라기엔 그 존재감이 책을 능가해버렸다. 만약 집에 불이 난다면 가장 먼저 서재로 달려와 부엉이들부터 쓸어담을 것 같은 인간이 바로 나다. 이쯤 되면 애정이 아니라 애착이고 집착일 것인데 그나마 그 안달이 사람이 아니라 물건을 향해 있다는 건 다행한 일일까. 이따금 부엉이의 시선으로 나를 보게 될 때가 있다. 그때의 나는 밤과 숲을 갈망하는 사람이고 기억의 일부를 멀리에 두고 온 사람 같다.

하루는 곰곰 생각해보았다. 내게 수집벽이 있는 것일까. 속이 시끄러울 때마다 청소기부터 집어드는 내겐 살림의 규모가 커지는 게 부담으로 다가올 때가 많다. 주기적으로 옷장 책장 다이어트를 하고 물건을 살 땐 삼고초려 원칙을 고수한다. 그런데 부엉이 앞에만 서면 사람이 변한다. 눈이 뒤집히고 내 안의 물욕 신이 깨어난다.

가끔은 최면에도 든다. 마음이 울적해 걷기 시작했는데 정신을 차리고 보면 백화점 그릇 코너다. 핀란드의 유명한 유리그릇 브랜드 이딸라Iittala사에 진열된 유리 부엉이들을 바라보고 있노라면 모든 시름이 걷히고 삶의 의욕이 샘솟는다. 사는 동안 많이 벌자. 내 비록 통장 잔고가 미천하여 지금은 너희들을 데려갈 수 없지만 팔리지 않고 오래오래 있어다오. 과장 조금 보태서 너희들은 내 미래란다.

그렇다고 내가 고가의 부엉이들만 편애하느냐 하면 그건 아니다. 부엉이라고 다 선호하는 것도 아니다. 책장의 부엉이들을 한자리에 모아두고 유심히 관찰한 결과, 취향의 대쪽 같음(을 증명하는 한 가지 공통점)을 발견할 수 있었다. 눈이 지나치게 똥그랗고 크다, 그리고 입이 없다! '그게 왜?'라고 생각할 수도 있겠지만 나에겐 치명적인 발견이었다. 대체 뭘 본 건지 눈은 홉뜨고 있는데 입은 없으니 뭐랄까 좀 억울해 보이는 인상이었다. 겁을 잔뜩 집어먹은 것처럼 보이기도 했다.

그날 나의 노트에는 '입 없는 삶'이라는 글귀가 적혔다. 그 아래 밑줄을 긋고 바라보고 있노라니 얼마 전 본 신문기사 생각이 났다. 러시아의 어느 갤러리에서 한바탕 난리가 났다지. 경비원이 근무 도중 너무 '지루해서' 무려 74만 파운드(약 12억 원)에 달하는 그림에 볼펜으로 눈을 그려넣었다지. 문제의 작품인 〈Three Figures〉는 눈 코 입 없는 세 명의 인물 형상을 그린 그림이다. 죄는 죄고 벌은 벌이어야 하겠지만 그래도 '미친 짓'이라고 일축하기 전에 그 마음을 먼저 들여다보게 된다. 경비원의 눈에 비친 세 사람은 이렇게 말하고 있지 않았을까. 보고 싶어. 눈 아닌 것으로 보는 일에 지쳤어. 이젠 눈으로 보게 해줘.

나의 부엉이들도 모종의 신호를 보내고 있었다는 생각이 든다. 내 입이 되어줄래. 너는 백지라는 무기를 가진 사람이 잖아. 거기 내 이야기를 받아 적어줘. 그러니까 나는……

　그래도 풀리지 않는 의문이 있었다. 왜 하필 부엉이인가. 엄밀히 말하자면 부엉이이기도 하고 올빼미이기도 한 어떤 이미지에 대한 애호일 것인데(부엉이와 올빼미의 차이는 '귓깃 우각, 羽角'에 있다고 한다. 부엉이는 귓깃이 있고 올빼미는 없고) 사실은 맹금류를 좋아하는 건가? 그러기엔 내가 너무 심약한 인간이라는 게 걸린다. 약육강식이라는 말, 너무 잔혹하고 무섭잖아요. 메리 올리버의 반려견처럼 인간과 친근한 동물이 아니어서? 기를 수 없다는 건 상당한 매혹이긴 하다. 뭐든 멀리 있어야 좋아 보이는 법이니까. 루이스 캐럴의 체셔 고양이처럼 상상력을 자극하거나 에드거 앨런 포의 검은 고양이처럼 인간의 이상심리를 표상하기 때문은 아닐까? 그러기엔 나의 입 없는 부엉이들은 너무나 투명한 얼굴을 하고 있다. 의미를 덧씌우지 말라는 듯이. 금방이라도 눈물을 뚝뚝 떨어뜨릴 것처럼.

　다른 시인의 경우는 어떨까. 궁금한 마음에 기욤 아폴리

네르의 『동물시집』(난다, 2016)을 펼쳐들었다. 이 시집에는 거북이, 뱀, 사자, 낙타, 애벌레, 해파리 등 온갖 동물이 산다. 시인의 머릿속을 통과한 동물들은 놀랍게도 동물 이상의 무엇이 되어 있다. 부엉이는 이렇게 묘사된다. "내 헐벗은 마음은 한 마리 부엉이 / 못박히고, 뽑히고, 다시 박히고. / 피도, 열의도 끝장났구나. / 누구든 사랑만 해주면, 나는 감지덕지." 책의 말미에는 역자인 황현산 선생님의 보충 주석이 수록되어 있는데 부엉이는 시인 자신과 "동일시"된 존재이며 "유럽의 농가에서는 허수아비 대신 죽은 부엉이를 지붕에 못박아놓아 새떼들을 쫓는다"라는 설명이 더해져 있다. 이 문장까지 읽고 나니 시가 한층 더 깊어진다. 고독이 동심원처럼 퍼져나가 거대한 연못을 이루고 그 안에 풍덩 빠져버릴 것 같다. 너에겐 죽음도 끝이 아니구나. 내 짐작보다 훨씬 깊은 못 자국이 너에겐 있구나. 본 못 자국이 있다는 건 못 본 못 자국도 있다는 뜻이겠지.

이 시를 관통해 나의 부엉이들 앞으로 되돌아오니 이전에는 들리지 않던 목소리가 들린다. 그러니까 나는…… 태생은 맹금류인데 사냥을 할 수 없는 자. 내가 서 있는 땅을 간신

히 붙드는 일에만 날카로운 발톱을 사용하는 자. 게다가 야
행성. 밤은 길고, 밤은 상념이 불어나기에 최적의 시간이지.
상념은 삼킬 수도 뱉을 수도 없어서 우리를 위협하지. 나는
갇혀 있어. 철창도 없이. 철창도 없이.

아폴리네르의 부엉이가 그러하듯 나의 부엉이들도 내 마
음의 현현으로서 책장을 지키고 있을 것이다. 언젠가 내 안
에서 뚜벅뚜벅 걸어나간 마음이 있었기 때문에. 본 못 자국
의 세계에서 못 본 못 자국의 세계로 나를 움직여가고 싶은
마음 때문에.

이번에도 그런 마음으로 주문 버튼을 눌렀다는 후문을 덧
붙여둔다. 지금 내게로 오고 있는 부엉이는 주물로 된 촛대
의 형상을 하고 있다. 가슴 부위가 성긴 그물(물결)로 되어
있어 그 안에 초를 넣고 켜면 일렁이는 속이 훤히 들여다보
이는 아이다. 빛이 켜지면 네가 켜지고 빛이 꺼지면 네가 꺼
질 것 같았어. 네게도 못 자국이 있구나. 네 앞에선 언제나
듣는 사람으로 나타날게. 온몸, 온 마음을 귀로 만들게. 부디
무사히 도착해주길. 또 샀다는 이야기를 참 길게도 하는구나
싶겠지만 또 사는 것과 또 살 수밖에 없는 것은 천지 차이 아

니겠어요? 계속 계속 빛을 켜주려고 그런 겁니다. 캄캄한 채
로 둘 수는 없잖아요.

신발에 맞는 발을 고르러 나간 언니는 어떻게 되었나

칼라디움

동향집의 묘미는 단연 아침이다. 거실 끝까지 들던 해는 점점 짧아져 오전 아홉시만 되어도 자취를 감춘다. 아침잠이 많은 나의 기상 시간을 놀랍도록 앞당긴 것도 그 볕이었다. 이 집으로 처음 이사 와 가구가 다 들어오지 않았을 땐 바닥에 대자로 누워 볕을 독차지하곤 했다. 빛은 쏟아지고 볕은 덮네. 이불처럼. 밀물처럼. 혼자서 하는 끝말잇기처럼. 아무것도 않고 고요히 누워 있는 시간이 좋았다. 동향집이 아니었다면 아침의 풍요로움을 모른 채 살았을 것이다.

하나둘 가구가 채워진 뒤에는 화분들이 그 자리를 독차지하게 되었다. 주로 집들이 선물로 받은 것들이었다. 가장 먼저 와준 것은 산세베리아, 두번째로 와준 것은 사막의 장미 아데니움. 첫정이 얼마나 무서운지 산세베리아를 볼 때마다 느낀다. 엄마는 연년생으로 두 딸을 낳았다. 갓난쟁이 둘째를 안고 병원에서 집으로 돌아오던 날, 방 문턱에 서서 이쪽을 빤히 바라보던 첫째의 표정을 잊을 수 없다고 했다. 겨우한 살짜리가. 저건 평생 언니라고 저렇게 살겠구나. 엄마는 그때 생각만 하면 아직도 가슴이 미어진다고 했다. 그 이야기를 들을 때마다 나도 덩달아 미안해진다. 동생이어서 미안해, 동생이어서. 꽤 오랜 시간이 지났음에도 놀랍도록 현재진행형인 감정이다.

나의 첫째인 산세베리아도 이 집이 낯설었을까. 그래도 첫째는 첫째다. 산세베리아는 강인한 생명력을 지녔고 지난 오년간 두 번이나 분갈이를 해야 했다. 그 과정에서 비어버린 화분에는 셋째 금사철을 들였고(금사철의 꽃말이 '지혜, 어리석음을 안다'라는 것은 뒤늦게 알았다), 넷째는 칼라디움, 다섯째는 고무나무다. 창가에 쪼로록 다 저마다의 자리가 있다. 아침마다 이 아이들이 만드는 그림자의 무늬를 바라보며 하루를 시작하는 일이 좋다. 뾰족한 잎은 뾰족한 그림자를, 둥근 잎은 둥근 그림자를 만든다. 뾰족한 그림자와 둥근 그림자는 얽혀 있지만 조금도 복잡해 보이지 않는다. 오히려 자연스럽고 다정해 보인다. 꼭 그렇게만 살고 싶다는 생각이 들 만큼.

다섯 개의 화분을 가진 삶. 어떤 날은 그것이 너무 감격스러워 눈물이 날 것 같고 어떤 날은 이렇게나 욕심이 많아서 어쩌나 걱정이 앞선다. 다섯은 충분한 숫자일까 모자란 숫자일까. 다행히 아직까지는 부족한 집사 곁에서 별 탈 없이 자라주고 있지만 내가 이 식물들의 포식자일 수도 있다는 생각을 하면 마음이 편치만은 않다. 자연 속에서 속박 없이 살아갈 수도 있었을 텐데 내 욕심 때문에 원치 않는 삶으로 끌려와 화분이라는 답답한 육체에 갇힌 건 아닌지. 그럴 때면 손을 잡듯이 잎을 만지작거리게 된다.

어쩌다 이토록 식물에 마음을 빼앗기게 된 걸까. 아무래도 가족력을 무시하진 못할 것 같다. 엄마의 베란다는 식물원을 방불케 하는 수준이므로. 내가 태어나던 해에 심었다던 관음죽 세 뿌리와 트리안도 여전히 씩씩하게 살아 있다. 몇 해 전 강추위에 다 얼어죽는 줄 알았는데 다시 뿌리가 나왔지 뭐니. 엄마에게는 그런 것이 자랑이고 기적이다. 식물이 사는 집인지 사람이 사는 집인지 모르겠다고 화분 좀 정리하라고 말했다가 호되게 혼이 난 적도 있다. 살아 있는 걸 어떻게 정리하니. 내 눈엔 자리만 차지하는 시들시들한 화분도 엄마 눈엔 충분한 가능성으로 보였던 모양이다. 나는 그 말속에서 엄마가 대가족을 꾸릴 수밖에 없었던 이유와 과정을 읽는다. 목숨이라는 말, 생명을 맨 앞에 두는 일을 단순한 욕심이라 말할 수는 없다.

그럼에도 나는 식구를 늘리는 데에는 신중한 입장이다. 길러보고 싶은 진귀한 식물들이야 차고 넘친다. 욕심보다 겁이 많아서 먼발치에서만 사랑하려 드는 건지도 모른다. 나는 식물들이 말없이 살아 있다는 사실에 마음이 쓰인다. 물과 바람과 햇빛을 까다롭게 필요로 한다는 점이 솔직하다고 여긴다. 식물의 식물성과 동물성, 더 커다란 의미에서의 생물성에 늘 관심이 가고 글로 옮겨보고 싶다. 나에게 식물들은 보후밀 흐라발의 소설 제목처럼 '너무 시끄러운 고독'의 얼굴을 하고 있다. 몸을 기울여야 볼 수 있는 미세한 몸짓들, 표정들.

열 손가락 깨물어 아프지 않은 손가락은 없다지만 넷째 칼라디움이 내게 오던 순간만큼은 강렬한 기억으로 남아 있어 쓰지 않을 수 없다. 이야기는 화분을 선물받던 순간으로 거슬러올라간다. 식물이 담겨 있지 않은 빈 화분을 선물받은 건 그때가 처음이었다. 유계영 시인의 시에 등장하는 "신발에 맞는 발을 고르러 나간 언니"(「쥐」, 『온갖 것들의 낮』, 민음사, 2015)가 된 기분이었다. 인간에게는 누구나 빈 무언가가 주어지는 것일까? 빈 신발, 빈 화분, 빈 서랍처럼 '창틀'의 역할을 하는 무언가. 발에 맞는 신발을 찾고, 식물에 어울리는 화분을 고르고, 주어진 풍경을 창문에 담는 일은 차라리 쉽다. 적당해질 수 있다. 그런데 반대의 경우라면? 선물받은 토분의 크기, 색깔, 느낌의 결 등을 고려하다보니 이것은 이래서 갸우뚱하고 저것은 저래서 안 되겠는 일이 다반사였던 것이다.

내 삶으로 한 존재를 끌어들이는 일이었다. 세상 모든 모종을 향해 열려 있으되 충분한 교감이 전제되어야 했다. 동네의 화원이란 화원은 다 돌아다니며 저마다의 아름다움을 들었다 내려놓는 일을 반복했다. 수박페페의 둥글둥글한 성

격, 남천의 의젓함, 자귀의 신비로움, 환희의 축제 같은 오색
마삭줄 앞에서는 유독 발길을 돌리기 어려웠다. 하지만 눈을
감고 상상해보면 내 그림자와 잘 포개지지 않았다. 그 고독
들은 스스로 강해 너무 멀어 보였다. 그렇게 돌고 돌아 나의
칼라디움을 만났다. 장장 4개월 만의 일이었다.

칼라디움은 꽃은 거의 피지 않고, 대신 잎의 아름다움을
마주하는 관엽식물이다. 개량된 것까지 포함하면 수천 종에
이른다고 알려져 있다. 잎의 색과 모양이 워낙 다채롭기로
유명한데 붉은 기가 강하게 도는 것도 있고 허여멀건 창백한
쪽도 있다. 처음에는 잎의 아름다움에 홀린 것이 맞지만 여
러 날을 함께하다보니 새로 알게 되는 것들이 많다. 칼라디
움은 정말 예민하다는 것. 잎 하나가 지면 잎 하나가 반드시
나는데 새 줄기는 이전 줄기 안에서 줄기를 가르며 올라온다
는 것. 그걸 볼 때마다 정신이 번쩍 났다. 안에 있어. 바깥이
아니라 안에 있어.

내게 없는 것을 밖에서 억지로 구할 때마다 칼라디움은 말
했다. 애쓰지 마. 결국엔 흘러가게 되어 있어. 그건 하엽下葉
지는 시간이란다. 하엽은 식물의 잎 중에서 가장 아래쪽 잎

을 뜻하는 말이야. 시간이 흐를수록 파리하게 말라가고 무늬가 지워져가는 잎. 세상 모든 일이 그래. 하지만 안에 있어. 머잖아 돌아올 잎이 있어.

　이따금 빈 화분을 들고 거리를 헤매는 꿈을 꾼다. 발이 푹푹 빠지는 지상에서 나의 임무는 빈 화분에 어울리는 하나를 찾는 것이다. 빈 화분을 빈 화분으로 두는 일이 더 아름답다는 생각도 한다. 하지만 그 생각이 내 불성실의 면죄부로 쓰이는 것은 원치 않는다. 나는 헤맴에 최선인 사람이고 싶다. 현실은 빈약한데 이상은 턱없이 높아서가 아니라, 적당히 타협할 줄 모르는 까다로운 성미 때문이 아니라, 더 나은 무언가가 있다는 믿음 자체가 우리를 살아가게 하기 때문에 그렇다.

　"신발에 맞는 발을 고르러 나간 언니"는 "아직 돌아오지 않고" 있다고 시는 말했다. 발을 찾는 사람은 지금 어디쯤 가고 있을까. 몇 개의 발을 사랑하고 몇 개의 발에 걸려 넘어졌을까. 그는 낮에도 밤에도, 산 정상에서도 심해 깊은 곳에서도 목격되었다는 소문만 무성할 뿐 목격되지 않는 존재 같다. 도착을 모르는 마음 같다. 그리고 나는 이 장면에 마침표를 찍고 싶지 않다. 마침표를 찍는 순간 그가 정말로 사라져 버릴까봐 겁이 나기 때문이다.

통통배로 바다 건너기

엽서

　연희동에 새로 문을 연 엽서 상점에 다녀왔다. 입구까지 가는 건 문제가 아니었으나 문 하나를 사이에 두고 잠시 대치하는 시간이 있었다. 스스로에게 다짐을 받아야 했기 때문이다. 흥분하지 말자 희연아, 제발 적당히. 서랍 속에 있는 엽서만 수백 장이야.

　그러나 이런 이야기의 결론이 늘 그러하듯 오늘도 실패의 역사에 한 줄을 추가했다는 후문이다. 이 이미지와 색감에 감동하지 않을 자신이 있어? 그래도 네가 명색이 시인인데 설마 이것과 저것이 비슷하다고 생각하는 건 아니겠지(조사가 바뀌면 세계가 뒤집힌다고 네 입으로 말했다)? 이건 직사각형이고 이건 정사각형인걸? 청산유수로 설득과 호령을 반복하는 내면의 목소리로 인해 또 큰 지출을 하고 말았다.

뭐든 하나만 하는 이들은 당해낼 재간이 없다. 메뉴가 하나인 식당을 사랑하는 이유도 그것이다. 번거롭게 주문할 필요가 없으니까. 인원수대로 알아서 차려지니까. 오로지 한 우물만 파 고수의 경지에 이른 음식 앞에선 절로 고개가 숙여진다. 거기 깃든 우주적 에너지가 느껴져서다. 물건도 마찬가지. 다재다능한 유능함도 좋지만 단 하나를 향한 고집은 정신이 얼얼해질 만큼 좋다. 엽서만, 연필만, 도마만, 전구만, 찻잎만, 오르골만…… 뭐든 하나에만 몰두하는 마음에는 칼날이 있다. 몰두의 칼날이 잔가지들을 깎고 깎아 뾰족한 진심을 만든다. 그러니 그날 내가 산 것은 엽서가 아니라 진심 아닐까. 타협하지 않는 마음, 이유 있는 고집, 집중력과 믿음, 안으로 침투하는 에너지……

각설하고, 이 같은 엽서 사랑에는 (그래도) 나름의 역사가 있음을 고백해야겠다. 이십대 초반, 비행기 삯만 모이면 앞뒤 없이 여행을 떠나던 때, 한 도시를 떠나기 전 반드시 행하는 나만의 의식이 있었다. 눈여겨봐둔 레스토랑에서 최후의

만찬을 즐기는 것. 미래의 나에게로 엽서를 보내는 것.

가난한 배낭여행객이었던 내게 레스토랑에서의 식사는 언감생심 꿈도 못 꿀 호사였다. 레스토랑에서 식사를 한다는 건 내일의 안락한 잠을 포기한다는 뜻이었으니까(4인실 여성 전용 도미토리에서 10인실 혼숙 도미토리로). 늘 길거리 음식으로 허기를 면하다 그 도시에서의 마지막날이 되면 목욕재계 후 계획을 실행에 옮겼다. 메뉴 구성이나 가격, 1인 식사 가능 여부 등을 꼼꼼히 따져본 뒤 입장, 착석. 그후엔 자신 있게 외치는 것이다. 프로모션 런치 세트 주세요!

그것이 현재의 나를 위한 선물이었다면 엽서를 보내는 일은 미래의 나를 위한 선물이었다. 미술관 기념품 숍에서도 벼룩시장에서도 엽서는 흔했고 무엇보다 저렴했다. 1유로, 1.5유로. 물 한 병을 포기하면 되는 가격. 물론 물은 포기해도 맥주는 포기할 수 없었으므로 그마저도 사치는 불가했지만 엄선을 거쳐 선택된 엽서를 보낼 때면 늘 도박을 거는 심정이 되었다. 난바다로의 항해를 앞둔 선원의 마음이랄까. 그것도 우수한 기동력을 지닌 함선이나 최첨단 잠수함, 매일 밤 선상 파티가 벌어지는 호화 크루즈가 아니라 통통배를 타고 망망대해를 가로질러야 하는 선원의 마음?

아닌 게 아니라 엽서는 너무나 낱장이고 자신을 보호해줄 그 어떤 보호막도 없는 채로 우체통에 담겼다. 속도가 생명인 소식이거나 유실되면 큰일날 말들이라면 애초에 엽서에 적히지도 않았을 것이다. 엽서는 태생적 불안을 끌어안은 존재다. 언제든 틈새에 빠지고 빗물에 젖을 위험에 노출되어 있다. 잉크로 쓴 글씨라면 더더욱 벼랑 끝이다. 그럼에도 엽서는 번번이 나를 설득시켰다. 한 번만 더 나를 믿어보지 않을래? 내가 너의 확률이 될게.

놀랍게도 그 위태로운 약속들은 미래의 나에게 속속들이 도착해주었다. 심해로 가라앉아버린 시간도 없지는 않았으나 통통배로도 바다를 건널 수 있다는 증명이 되기에는 충분했다. 100퍼센트의 환희는 아니어도 0퍼센트의 절망은 아니었으니까. 특히나 귀국 전 마지막 도시에서 보낸 엽서는 여행의 여운과 그에 따른 부작용—현실 부정으로 나날이 쇠약해져가는 나에게 부적에 가까운 역할을 했다.

나는 그저 끝이 두려웠던 것 같다. 재가 되어버린 시간 앞에서 빗자루를 들 자신이 없었다. 하지만 과거의 나는 미래

의 나를 잘 알고 있었고,

(……)

전쟁이 끝나면 누군가는 청소를 해야 한다고, 끝에는 또 다른 시작이 있는 법이라고 쉼보르스카는 말했지. 잊지 마. 네가 걸었던 길들을. 어떤 형태로든 스몄고 출렁일 테니. 이제 그만 징징거리고 빗자루를 들어.

—폴란드 바르샤바에서, 희연.

보내지 않았다면 도착하지 않았을 엽서였다. 그 단순한 사실에 기대어 하루 또 하루 걷다보면 내 초라한 마당에도 깊고 환한 볕이 들었다.

보내지 않은 엽서도 많았다. 그것들은 모험에 내몰리지 않고 배낭 속에 꽁꽁 싸여 나와 함께 돌아왔다. 정말로 간직하고 싶은 엽서들. 글자로 더럽혀서는 안 되는 엽서들. 주로 동경하는 작가의 흔적이 담긴 것들이었다. 스페인 그라나다에서 만난 로르카 엽서에는 로르카가 직접 그린 그림(자화상)과 글씨가 인쇄돼 있다. 하늘 끝까지 닿을 듯한 고깔모자를 쓴 자화상도 있고(눈은 그렸는데 동공이 없어 영혼이 텅 비어 보인다), 두 얼굴이 포개진 자화상도 있다(한쪽은 눈물을 뚝뚝 흘리고 있고 다른 한쪽은 그렇게 우는 얼굴을 흘깃 바라본다). 달 luna의 시인답게 그는 자주 그림 속에 달을 그려넣었다. 서명을 할 때는 페데리코 가르시아 로르카Federico García Lorca의 F를 고층 빌딩처럼 길고 높게 적는 버릇이 있다. 나머지 글자들을 거대한 F 아래 깨알같이 작게 적어서 집의 비호를 받는 작은 새처럼 보인다. 이 엽서들은 내 시선이 닿는 순간 미세하게 떨린다. 엽서 안에서 그의 영혼이 오돌토돌하게 돋아져나오는 것 같다. 점자를 읽듯 눈으로 마음으로 자꾸만 쓰다듬게 된다.

리스본에서 만난 페소아 엽서 중 가장 마음에 드는 것은 펼쳐진 빈 공책 위에 페소아의 검은 안경이 놓여 있는 이미지이다. 상단에는 "나는 내일 무슨 일이 일어날지 모른다 I know not what tomorrow will bring"라는 글귀가 적혀 있다. 흔적만 남기고 또 어디론가 사라진 그를 붙잡기란 요원해 보인다. 붙들리면 한 겹을 벗고, 붙들리면 또 한 겹을 벗는 방식으로 서서히 투명해진 그가 리스본 어딘가를 유유히 활보

하고 있을 것 같다. 이렇게 하나하나 나열하자면 끝이 없을 엽서 이야기. 이십 년 가까이 서랍에 알처럼 품어온, 내 귀하디귀한 보물들.

수백 장의 엽서를 가진 사람은 마음이 부자다. 편지는 너무 본격적이라 부담스럽고 포스트잇에 대충 적기엔 무심해 보일 때 엽서는 최상의 선택지다. 엽서가 필요한 순간이 오면 서랍은 기꺼이 열린다. 두둑한 판돈을 가진 사람처럼 엽서 뭉치를 꺼내들고 수신인을 떠올린다. 한 장 한 장 넘기다 보면 톱니가 맞물리는 순간이 온다. 그럴 때 엽서는 수신인에게 전하는 나만의 은밀한 암호, 윙크, 그러므로 사랑.

작은 서점에서 독자분들을 만날 때면 여러 장의 엽서를 엎어놓고 하나씩 골라보기를 청할 때도 있다. 타로점 보듯 앞날을 점쳐보는 것이다. 괴짜 점성술사가 되어서 풀이도 한다. 당분간은 평화로운 날들이 이어지겠어요. 어머나, 이별수가 있군요, 이건 상실에 대한 조짐인데! 귀에 걸면 귀걸이 코에 걸면 코걸이 같은 해석이지만 가끔은 서로가 서로에게 깊숙이 찔릴 때가 있다. 이 또한 엽서를 빙자해 건네는 마음, 수시로 발이 엉키는 삶이더라도 한 계단 한 계단 또박또박

디디며 살자는 부드러운 제안임을 모르지 않을 것이다.

엽서 위에 엽서는 두둑이 쌓여간다. 그건 당신에게 꺼내보일 내 사랑의 선택지가 늘어간다는 뜻. 이 엽서들이 영영 서랍을 떠나지 못하더라도 괜찮다. 어떤 마음은 보내지 않음으로써 완성되기도 하니까. 아무려나 오늘도 나는 당신을 위한 마음을 고른다. 통통배로도 바다를 건널 수 있다는 믿음으로 물가에 선다. 밤낮없이 톱니가 돌아가고 있다.

밤을 견디는 재료들

시어서커 잠옷

나는 나에게 참 인색한 사람인 것 같다. 이를테면 나를 위한 물건을 살 때, 주저하거나 차선을 선택하게 된다. 잠옷만 해도 그렇다. 집에서 입는 옷은 그다지 중요하지 않다고 여겼다. 위아래 짝이 맞지 않는 건 당연하고 남편의 목 늘어난 티셔츠가 내 차지여도 불만 없었다. 그런데 올여름엔 무슨 바람이 불었는지 제대로 된 잠옷 한 벌이 갖고 싶었다. 다른 무엇이 아닌 잠옷이.

나에게 다정해지겠다는 결심이 왜 하필 잠옷의 형상으로 발현된 건지는 모르겠지만 어쨌거나 나는 잠옷을 사기로 했다. 그런데 스스로도 조금 의아하긴 했다. 만일 내가 불면증으로 고생을 했다면 양질의 잠을 위한 온갖 수단을 동원했을 것이다. 좋은 침구나 몸에 착 감기는 잠옷을 마련하는 일도 그중 하나였을 테고. 하지만 오히려 나는 잠을 너무 자서 문제인 사람 아닌가. 일부러 불편하게 입어서라도 잠의 악령을 몰아내야 하는 것 아닐까.

사람은 항시 남의 눈에 잘 안 띄는 곳―귀 뒤나 팔꿈치, 발뒤꿈치, 손발톱을 깨끗이 해야 한다던 할머니 말씀이 떠오르기도 했다. 뭐든 기본이 어려운 법이니까. 기본만 지켜도 훌륭하니까. 그렇다면 잠옷은 기본인가? 아무래도 그런 것 같다. 배내옷에서 수의까지 인간의 모든 밤을 아우르는 옷. 잠과 꿈을 접객하는 옷. 그토록 중요한 옷을 홀대해왔다는 생각이 들었다. 사실은 노하시지 않았을까. 격식도 예의도 없이 목 늘어난 티셔츠를 입고 그 귀한 손님들을 맞았으니.

무엇보다 잠과 죽음은 근친이다. 매일의 잠이 죽음을 연습하는 과정이듯이 좋은 잠옷을 갖고자 하는 열망 안에는 편안한 수의, 깨끗한 죽음에 대한 열망이 깃들어 있으리라. 생각할수록 잠옷은 중요한 옷이라는 생각이 들었다. 서둘러 나의 잠옷을 찾기로 했다.

그런데 이 세계도 만만하지가 않았다. 낯선 세계에 한 번 발을 들이고 나면 언제나 그 세계의 광대무변함에 놀란다. 모달, 면, 실크, 벨벳(벨로아), 플란넬, 레이온, 시어서커…… 소재부터 가격까지 천차만별인 잠옷들을 보며 현기증이 일었다. 대충 구매 후기를 살펴 인터넷 주문을 해야 하나 초반부터 고비가 왔지만 초심을 잃지 않기로 했다. 다시 이야기하지만 이건 귀한 손님을 맞는 중차대한 일이 아닌가. 부러 시간을 내어 쇼핑몰을 찾았다. 몇몇 상점을 돌며 재질과 가격, 디자인을 꼼꼼하게 비교했다. 그리고 최종 후보 둘을 남기는 데까지 성공! 처음엔 면 재질을 생각하고 갔는데 직접 만져보니 모달과 시어서커 쪽으로 마음이 기울었다. 부드럽고 포근하기로는 둘 다 막상막하였다.

자, 이제 어쩌지? 이것도 좋고 저것도 좋다면? 나는 서둘러 검색창을 열었다. 단어의 뜻과 기원을 찾아보는 것은 나의 오랜 버릇. 모달도 시어서커도 똑같이 낯선 단어들이었기 때문에 두 단어의 운을 점쳐보기로 한 것이다.

모달modal: 너도밤나무를 원료로 하여 만든 셀룰로오스

섬유.

시어서커seersucker: 시어서커는 페르시아어로 밀크와 설탕을 의미하는 시로샤카shir-o-shakar에서 유래되었고, 이것이 변하여 주름·오그라듦을 의미하는 시루샤카shirushakar가 되었다. 인도로 건너가 시어사커shirsaker라는 힌디어로 불리었으며 이 말이 다시 영국에 들어가 시어서커가 되었다.

결과는 흥미진진했다. 모달은 너도밤나무, 시어서커는 밀크와 설탕이렷다! 이럴 때 나의 영혼은 요술램프에서 풀려난 지니처럼 활개를 치기 시작한다. 나는 지금 두 갈래 길에 도착한 것이다.

모달을 선택한다면 나는 매일 밤 너도밤나무 숲으로 갈 수 있다. 나무들과 함께 걷고, 숲의 짐승들과 눈 맞추고, 싱싱한 흙냄새를 맡을 수 있다. 투명한 이슬에 얼굴을 비춰볼 수도 있고, 이끼와 버섯의 비밀스러운 기억도 얻을 수 있다. 숲의 영험한 기운을 받으며 신비를 배워가는 삶. 상상만으로도 깨끗해지는 기분이 들었다. 숲은 호흡을 배우는 곳이기도 하니 깊어지는 들숨만큼 날숨도 편안해지리라는 기대도 생겼다.

반대로 시어서커를 선택한다면 나는 밀크와 설탕이라는 어마어마한 무기를 가진 사람이 된다. 밤은 두렵고 캄캄한 시간이다. 수많은 손을 놓쳤으나 어느 누구도 구할 수 없는 시간이다. 하지만 밀크의 부드러움과 설탕의 재치라면 이기지 못할 악몽도, 달래지 못할 마음도 없을 것이다. 게다가 이 단어는 긴 시간을 여행해왔다. 시로샤카에서 시루샤카, 시어사커에서 시어서커로 이어지는 이 빛나는 여정을 보라. 여러 사람의 입속에서 사탕처럼 굴려지는 이름. 모두의 기쁨이 되는 이름. 게다가 주름이라니! 아코디언을 연주하듯 주름을 어루만지면 굽이굽이 아팠던 시간 음악 되어 흘러나오겠지. 양쪽 다 매혹적인 세계였지만 밀크와 설탕의 다정을 포기하기란 쉬운 일이 아니었다. 이 단어를 입고 누우면 어디선가 밤의 손이 나타나 밤새도록 나를 쓰다듬어줄 것 같았다.

배를 까뒤집고 누운 개.

오구오구 문지르는 손길.

불을 켜지 않아도 캄캄하지 않은

그런 집.

그런 영원.

포장을 풀고 세탁을 마친 뒤 새 잠옷을 개시했다. 마음으로 옷으로 성의를 보였으니 밤도 덜 노여워하시겠지 내심 기대를 했다. 그런데, 그런데 말이다. 어쩐 일인지 그날은 역대급 악몽밭을 뒹굴었다. 불면에 비할 바는 못 되지만 잠을 너무 자는 사람에게도 고충은 있다. 그만큼 꿈도, 악몽의 비중도 높아지니까. 꿈은 보여준다. 무엇이 아픈지. 누가 불편한지. 왜 놓여나지 못하는지. 밀크와 설탕으로 맞서겠다는 생각이 얼마나 우매했는지. 아무렴 세상이 그렇게 호락호락할리 없다. 밤은 밤이고, 끝끝내 밤인 것을.

아마도 내 안에는 잠옷으로 밤에 대항하려는 마음이 있었나보다. 밤을 손님이라 여기지 않고 적으로 악으로 바라보고 있었나보다. 내가 잠옷을 빌려 나에게 주고 싶었던 것은 휴식이었을까 부적이었을까. 밤은 흉포한 이빨을 드러내며 저토록 무섭게 웃고 있는데 홑겹의 잠옷 따위가 다 무슨 소용일까.

그럼에도 어떤 마음은 지치지 않고 무럭무럭 자라 겨울의

무기를 찾으라고 속삭인다. 모달이나 시어서커는 주로 여름 용으로 선호되는 옷감이니 겨울용 옷감, 이를테면

벨벳velvet: 부드러운 솜털이 있는 고급 원단으로 진귀하 게 여겨졌으며 종교적 의복, 왕이나 귀족들의 의상으로 많 이 쓰였다. 또는 갬블링(게임)에서 이긴 큰돈을 지칭하는 카 지노 용어.

코듀로이corduroy: 골이 지게 짠 피륙. 어원은 프랑스어 의 코르드 뒤 루아corde du roi로 '임금의 밭이랑'이란 뜻.

벨벳이나 코듀로이처럼 스케일을 확 넓혀보라고, 이왕이 면 왕 혹은 임금의 마음으로 악몽에 맞서야 하지 않겠냐고 회유한다.

동지섣달 기나긴 밤은 머지않았고 잠옷은 밤을 견디기 위 한 귀중한 재료다. 이기는 건 꿈도 못 꾸고 그저 밤을 견딜 수 있기만 해도 좋겠다. 가능하다면 귀족의 망토를 훔쳐 입고 임금의 밭이랑을 갈아서라도 말이다.

그런데 나도 참 나지, 왜 자꾸 울컥울컥 두 갈래 길에 서 있

던 순간이 떠오르는지 모르겠다. 나는 모달 잠옷을 사지 않은 게 아니라 너도밤나무 숲을 잃어버린 게 아닐까. 영영 닿을 수 없는 숲 하나를 가진 것이라고 말하면 그나마 위안이 될까. 잃었든 가졌든, 슬픈 건 똑같다. 언제부턴가 꿈은 그 숲을 보여주기 시작했고 그곳엔 자주 비가 내린다.

이 얼굴을 보라

얼굴에 대한 생각을 많이 한다. 주로는 얼굴을 벗고 싶다는 생각. 얼굴은 목이라는 벼랑 끝에 위태롭게 놓여 있는 어항 같다는 생각.

아침저녁으로 비누칠을 해 얼굴을 닦지만 늘 미진한 마음이 든다. 얼굴 안쪽까지 손을 집어넣어 박박 닦고만 싶다. 원래 어항 속 물은 자주 갈아줘야 하는 법인데. 내 얼굴에선 어떤 물고기도 살지 못할 것 같다. 이미 흙탕물이 그득한 상태일지도 모른다. 갈수록 거울 보기가 두려워지는 이유.

그래서일까. 자화상을 그리는 화가들을 보면 슬픔과 찬탄을 동시에 느낀다. 저 유명한 렘브란트나 뒤러, 고흐, 프리다

칼로…… 그들은 스스로를 베는 집념의 칼을 가진 것이 분명하다. 자신을 쪼개지 않고 어떻게 제 얼굴을 몸 밖으로 꺼내겠는가. 내가 나를 정말 그릴 수 있나. 내가 나를 객관적으로 바라본다는 게 가능할까. 그에 대한 나의 대답은 '아니요'이고, 자화상이라 이름 붙은 그림들은 사실상 실패의 기록이라는 생각이다.

최근에는 아예 실패를 시원하게 인정하는 작업들에 마음을 빼앗겨왔다. 이를테면 이해민선의 작업 같은. 〈이해민선: Decoy전展〉(2021.9.9~11.6, 페리지갤러리)에서 마주한 〈자화상을 그리다가〉는 흙바닥에 덩그러니 놓인 붉은 덩어리를 그린 그림이다. 한차례 비가 다녀간 것일까. 붉은 덩어리에서는 붉은 액체가 흘러나오고 있다. 처음엔 담담했다. 하지만 제목을 읽는 순간 나를 둘러싼 공기의 움직임이 달라지면서 소용한 폭발이 일어나는 것을 느꼈다. '자화상을 그리다가' 마주한 결과가 이 붉은 덩어리라면? 이 핏덩이 같은 형상이 내 안에 있던, 내가 낳은 무엇이라면? 나는 소스라치게 놀라 등을 돌리려 했다. 그러자 이목구비도 이름도 없는 덩어리가 화면 속에서 나를 불러 세웠다. "엄마, 날 두고 어딜가?"

또는 이런 만남도 있다. 하루는 의정부 미술도서관을 찾았
다. 개관 소식을 들었을 때부터 지도에 별표를 찍어두었던
곳인데 여건상 이제야 걸음이 닿은 것이다. 문을 열고 입장
하는 순간 눈이 휘둥그레졌다. 여기 정말 금광이군! 보물섬
이야! 미술 관련 서적들은 고가의 원서가 많아 늘 갈증을 느
껴왔는데 오늘만큼은 원 없이 볼 수 있으리라는 생각에 신이
났다. 오래 좋아해왔던 작가부터 생소한 작가들까지, 천천
히 서가를 거닐며 편견 없이 이미지와 독대하는 시간이 얼마
나 오랜만이던지.

그러다 헬렌 셰르브베크Helene Schjerfbeck의 화집을 만났
다. 그때만 해도 작가의 국적이나 성별은 알지 못했다. 그저
표지 속 얼굴이 운석처럼 내 마음에 떨어져내렸다는 표현이
정확하겠다. 표지 속 얼굴은 단정하게 머리를 묶고 턱을 약
간 치켜든 채 정면을 바라보고 있었다. 좀처럼 감정이 드러
나지 않는—부정도 긍정도 하지 않는 그의 얼굴은 내가 그
를 본 것이 아니라 그가 나를 선택했으며 나를 꿰뚫어보고

있는 듯한 착각을 불러일으켰다.

표지의 얼굴은 시작에 불과했다. 한 장 한 장 화집을 넘길 때마다 태풍이 불어닥쳤다. 그는 긴 시간 동안 하나의 얼굴을 그려왔다. 한 사람을 그렸지만 하나도 똑같지 않은 얼굴들을. 헬렌의 얼굴이 하나의 어항이라면 이 어항은 실금으로 뒤덮여가는 중이었다. 육안으로는 보이지 않는 미세한 실금들이 시간을, 죽음을 무력무력 빨아들이는 것이 보였다. 다물린 입은 서서히 벌어지고 생기 넘치던 혈색은 갈색과 회색으로 변해갔으며 마지막 장에 이르자 언제 깨져도 이상하지 않은 어항이 되어 있었다. 화집의 마지막 페이지를 덮었을 땐 귀가 떨어져나갈 듯 강렬한 파열음이 들려왔다.

이런 것들은 나중에야 알게 되었다. 헬렌 셰르브베크는 평생 동안 자화상을 그려온 핀란드의 국보급 화가이며 신체적 결함과 재정난, 남성 중심석이고 보수적인 예술계 안에서 조금은 늦게 그러나 당당히 재능을 펼친 예술가였다는 사실을. 세상을 떠나기 전 마지막 이 년 동안은 더욱 강박적으로 자신의 얼굴을―스스로의 쇠락과 붕괴를 기록해왔으며 관련하여 영화가 제작되었다는 사실도. 하지만 그런 드라마는 그리 중요한 것이 아니었다. 이미 헬렌이라는 이름은 내 삶으로 밀물져 들어왔고, 어느새 나는 휴대전화 메모장을 열어 다급히 그를 부르고 있었다.

헬렌, 강둑이 무너지고 있습니다.

책장을 넘겼을 뿐인데 내 손에 물감이 묻어 있는 이유를 설명해주십시오.

또 어느 날에는 이런 얼굴도 마주쳤다. 앤이라는 소녀의 데스마스크death mask. 앤에게는 이런 사연이 있다. 1943년 센강에서 한 소녀가 건져진다. 그 소녀는 차가운 물속에 있었다는 게 믿기지 않을 정도로 온화한 미소를 짓고 있다. 소녀의 얼굴은 수많은 사람을 매료시켰고, 급기야 심폐소생용 마네킹으로 제작되기에 이른다. 이름하여 레스큐 앤rescue Ann. 카뮈는 그런 앤을 향해 '모나리자보다 아름다운 신비한 미소를 지녔다'는 말을 남겼다고 전해진다.

나는 이 얼굴들이 무서웠다. 이 얼굴들은 삶과 죽음 사이에 끼어 있어 나를 헷갈리게 했다. 공중에 떠 있는 풍선들처럼, 이 얼굴들은 허공 위로 하나둘 떠올라 나의 하늘을 지배하려 들었다.

그럴 때마다 내 안에선 어김없이 헬렌이 소환되었다. 헬렌, 이 얼굴들은 얼룩덜룩하고 어딘가 기이하며 노력해도 받아들이기 힘든 모습이에요. 헬렌, 도려낼 수 없는 모든 것을 얼굴이라 부른다면 세상에는 얼마나 많은 포도송이가 열릴까요.

헬렌 세르브베크의 화집을 소장하기로 마음먹기까지 긴 고민을 했다. 비용의 문제는 아니었고 이렇게 아픈 얼굴을 쉽게 가져도 되나, 아무때고 펼쳐보다 타성에 젖으면 어쩌나 하는 염려 때문이었다. 그러다 깨달았다. 내가 두려워하는 건 슬픔이 아니라 슬픔에게 더는 선택받지 못할지도 모른다는 불안이었다는 것을. 풍선을 바라보며 두려워하는 것도 나지만 풍선이 날아갈까 꼭 쥐고 있는 것도 나였다.

나는 성실하게 아프고 싶었다. 화집은 이틀 만에 내게 닿았다. 두 번, 세 번 충분한 시간을 들여 보니 처음과는 달리 죽음만 읽히지는 않았다. 얼굴 안에는 또다른 얼굴이 있고 그것이 사랑의 잰걸음임을 알아차리는 순간도 때론 있었다.

문장은 새롭게 적혔다.

　헬렌, 센강에서 건져올린 앤의 데스마스크는 몇 명의 목
숨을 구했을까요.

　낮잠에 든 듯 평화로워 보이지만 아무리 흔들어도 기척
없는 앤의 얼굴에서 한 방향의 슬픔만을 읽어내고 싶지는 않
군요.

　여전히 나에게 얼굴은 고름과 비명으로 부풀어오른 주머
니, 옹기장이가 내던진 실패한 옹기이지만 나와 동행해주는
이를 생각하면 용기가 차오른다. 우리는 깨진 얼굴 위를 함
께 걸어가고 있다.

그래도 표백은 싫어요

락스

문학 팟캐스트에 초대되어 갔다가 빨래 이야기만 잔뜩 하고 왔다. 시 이야기를 할 때보다 곱절은 신이 나서(목소리 톤이 달라졌다) 흐린 날이 아니고서야 거의 매일 빨래를 한다고, 하루에 두세 번씩 세탁기를 돌릴 때도 있으며 섬유유연제를 종류별로 사서 기분 따라 바꿔 쓰는 재미에 푹 빠져 있다고 고백했다. 그날 방송의 섬네일에는 '안희연은 사실 빨래 중독자?'라는 캡션이 달렸다. 최근 가장 행복했던 순간이 언제인가요 물어온다면 제가 며칠 전에 이불 빨래를 했는데 글쎄 이불이 너무 잘 마른 거 있죠, 제 눅눅했던 마음도 덩달아 보송하게 말랐답니다, 햇볕과 바람이 이상적인 날씨였거든요, 대답할 것 같은 사람이 바로 나다. 그렇다. 아침에 눈 뜨자마자 빨래하기 좋은 날인지 아닌지로 하루를 가늠하는 나는 빨래 중독자가 맞다.

빨고 널고 마르고 개키는 일련의 과정 중에서도 나는 빨 랫감이 마르는 시간을 가장 좋아하고 아낀다. 다른 과정이 야 얼마든 조율할 수 있지만 옷이 마르는 건 내 소관 밖의 일 이라 반드시 자연의 섭리를 따라야 한다. 이 과정은 내게 삶 의 진실을 받아들이는 과정으로 이해된다. 요즘은 세상이 좋 아져 건조기가 그 역할을 대신하기도 한다지만 여전히 옛날 방식을 고수하는 나로서는 일조량과 통풍을 세심하게 살피 는 일을 게을리할 수 없다. 빨랫감은 정직하다. 세탁기가 오 염되었거나 빨래 후 건조가 덜 되면 퀴퀴한 냄새를 온몸으로 발산하며 경고한다. 너 그렇게 대충 할래? 냄새나는 옷 입고 하루종일 찝찝해볼래? 그러면 나는 다시 긴장의 끈을 조이 고 빨랫감의 기분을 맞춰드리는 일에 최선을 다한다. 다년간 의 경험치가 축적되면서 이제는 습도계 없이도 공기의 질감 을 읽을 수 있다. 창문을 활짝 열어 자연 바람에 맡길 것인지 아니면 제습기의 도움을 받는 방향이 효과적일지 감별하는 능력도 출중해지고 있다. 여봐란듯이 내리는 여름 장마에는 이도 저도 다 소용없지만 말이다.

사실 나는 나를 말리고 싶은 것 같다. 세탁기 안에 나를 집어넣어 깨끗하게 빨고 싶다. 옷걸이에 걸린 채로 흔들흔들 무료하지만 평화롭게 하루를 건너가고 싶다. 햇빛이 오면 햇빛이 오는 대로 바람이 지나면 바람이 지나는 대로 나를 내맡기고 싶다. 현실은 그렇지 못하다. 너는 왜 그렇게 느리고 둔하니. 몸을 따라오지 못하는 마음을 채근하며 출발하고 또 출발해야 한다. 결승선은 어디에도 보이지 않는데 출발선은 매일같이 생겨난다. 잠시 멈춰 생각을 할라치면 탕! 공포탄이 발사된다. 너만 여기 있어. 너만 제자리라니까? 빠르게 앞서나간 사람들이 일으킨 흙먼지가, 시간과 감정의 더께가 덕지덕지 묻어 있는 나의 옷은 더럽다. 씻고 싶고 빨고 싶다.

어느 시기의 나는 표백을 꿈꾼 적도 있다. 통째로 도려내고 싶을 만큼 나 자신이 싫었던 때였다. 지긋지긋해. 리셋되고 싶어. 표백제를 들이부어서라도 희어지고 싶은 마음. 화장실 청소를 할 때마다 생각했다. 락스는 인류의 놀라운 발명품이구나. 일주일만 청소를 걸러도 금세 욕실 바닥을 점령

해버리는 물곰팡이를 없애는 덴 락스만한 게 없었다. 얼마나 독하면 이렇게 맥을 못 추고 사라질까. 고무장갑을 끼고 청소 솔로 바닥을 문지르다 말고 락스 겉면에 적힌 세 단어를 골똘히 바라보았다. 살균, 악취 제거, 표백. 소독에 대한 열망이 가슴 깊은 곳에서부터 차오르는 것을 느꼈다.

하지만 표백이라는 말 앞에서는 선뜻 결단을 내리지 못했다. 세상에 공짜는 없으니 하나를 얻으면 반드시 하나를 잃어야 한다. 나를 표백한다면 그 표백으로 말미암아 삭제될 장면들이 있을 것이다. 어떤 장면들일까. 보물 상자에 담아 간직해왔던 유년의 기억이나 가족들 얼굴이 가장 먼저 떠올랐지만 그건 너무 당연해서였는지 생각보단 덜 두려웠다. 어차피 죽음이 찾아오면 깨끗이 지워질 테니까. 귀하게 품고 있었다는 것만으로 이미 나를 데우니까.

오히려 이런 장면이 나를 떨게 만들었다. 며칠 전 어느 결혼식장 앞에서 보았던 풍경. 한 배송 기사님이 길가에 트럭을 대고 화환을 내리는 장면이었다. 트럭 안은 화환들로 빼곡한 상태였다. 꺼내야 할 축하 화환이 하필 안쪽에 있어, 입구 쪽에 놓인 근조 화환을 먼저 바닥으로 내려 길을 내야 했다. 그 과정에서 아주 잠깐 축하 화환과 근조 화환이 바닥에 나란히 놓인 순간이 있었다. 같은 화환이었지만 왼편의 화환은 빨강 주황 노랑 색색의 꽃들로 수놓아져 있었고 오른편 화환은 흰 꽃으로만 이루어져 있었다. 색색의 꽃들 위에는 분홍 리본이, 흰 꽃 위에는 흰 리본이 매달려 있었다. 나는 왼쪽을 보다 오른쪽을 보고 다시 왼쪽을 보았다. 탄생과 죽음이, 축하와 애도가 기묘하게 동거중인 장면 속에서 최종적으로 내 마음이 향한 곳은 왼편의 자리였다. 내가 바라는 건 표백이 아니었다. 이만큼 살고 사랑해왔음을 축하받고 싶었다는 것을 깨달았다.

근조 화환은 다시 트럭 안에 담겼다. 언젠가는 그것을 간절히 필요로 하는 순간도 올 테지. 축하 화환을 들쳐업고 결혼식장으로 들어가는 배송 기사님과 눈이 마주쳤을 때 내 마음을 들킨 것 같아 화들짝 시선을 피했다. 다음 배송지는 어디일까. 그다음은. 트럭이 사라진 텅 빈 거리를 오래 들여다보며 지상에 인간이 있는 한 그의 일에도 휴식은 없을 것이라는 생각을 잠시 했다.

여전히 나는 매일 새로 그어지는 출발선을 버거워하고 마음이 더럽혀졌다는 생각이 들면 락스를 산다. 밤낮없이 세탁기를 돌리며 잊자 다 잊고 새로 시작하자 중얼거린다. 삶의 흰옷들이 누레지지 않도록, 기름이 튀거나 얼룩이 생기지 않도록 살균과 소독에 힘쓰는 나날들이다.

그럼에도 이 원칙만은 엄격히 고수하고 있다. 제아무리 빨래 중독자여도 표백제는 함부로 사용하지 않는다는 것이다. 이건 단순히 빨래의 문제가 아니며 얼룩을 인정하고 얼룩을 무늬로 바꿔 부르는 연습과도 다르지 않다. 내가 선택한 화환은 축하 화환이라는 사실을 곱씹는다. 나는 삶 쪽으로 기울어지고 싶다. 지금보다도 더 많이.

이 노래는 어디에 고일까

하모니카

8월 한 달간 곶감 단지에서 곶감을 꺼내 먹듯 존 버거의 책을 아껴 읽었다. 참여중인 독서모임에서 존 버거의 노동 3부작을 함께 읽기로 했는데 그중 첫 권인 『끈질긴 땅』(열화당, 2019)부터가 놀라움의 연속이었다. 평소 책에 밑줄을 긋거나 낙서하는 것을 그리 좋아하지 않는 나지만 어떤 경우에는 자발적으로 책에 감상을 적어넣을 때가 있다. 이번 책을 읽고 나서도 일렁이는 마음을 주체할 수 없어 다시 책의 맨 앞장을 펼쳤고 '어느 페이지를 펼치든 죽음이 있고 울부짖음이 있다'라는 문장을 연필로 적어넣었다. 울부짖음. 내게 이 책은 울부짖음의 동의어로 기억될 것 같다.

짧은 소설과 시가 교차편집된 이 책에서 존 버거는 노동하는 이의 생생한 육체와 그들 삶의 숭고함을 그린다. 책의 서두에 놓인 다소 긴 머리말에서 왜 이 책을 집필하게 되었는지를 건조하게 밝히는데 — 전근대적인 세계에 머물러 있다는 오명을 받으며 가난으로 내몰린 사람들을 우리는 쉽게 "뒤처진 사람들(과거의 오점과 수치를 지닌 사람들)"로 낙인찍지만, 자신은 "소위 뒤처진 사람들, 여전히 시골 마을에 살고 있는 사람들과 대도시로 떠나야만 했던 사람들과의 연대"를 위해 이 소설을 썼으니 양쪽 모두의 삶 자체를 폄훼하지 않을 것을 요청한다. 나는 그의 이런 정치적 메시지를 과하지 않게 구현한 소설들이 좋았다. 인간의 선하고 올곧은 면만을 강조하지 않는, 단순하지 않은 시각도 좋았다. 참과 거짓, 옳고 그름으로만 판별할 수 없는 빈틈의 빈틈까지가 인간이라고 말하고 있어서.

언급하고 싶은 장면이 많지만 그중에서도 「살아남은 자에게 바치는 노래」 이야기는 꼭 하고 싶다. 이 소설의 중심에는 암소 루사가 있다. 어떤 보이지 않는 힘이 그를 이끈 것인지 스스로 축사 문을 열고 걸어나간 암소 루사가 언덕에서 굴러떨어지는 사건이 벌어진다. 뒤늦게 루사의 부재를 눈치챈 조제프와 마르틴은 황급히 루사를 찾아 나서고, 다행히 오래지 않아 루사를 발견한다. 몇 미터만 더 굴러떨어졌어도 목숨을 부지하기 어려웠을 거라고 오랜 시간 소를 길러왔지만 이런 사고를 당한 건 처음이라고 뜻하지 않게 그들에게 찾아온 곤궁의 의미를 곱씹는 동안 어김없이 밤은 그들 곁에 도착하고, 온 힘을 다해 일으키려 해도 꿈쩍 않는 소를 그냥 두고 돌아갈 수는 없다는 결론에 이른다.

"옮길 수는 없어요, 우리 둘로는 안 돼."

"내일 아침에 내가 내려가서 도와줄 사람들을 데리고 올게요." 그가 말했다.

"밤에 혼자 둘 순 없어요." 마르틴이 강한 어조로 말했다.

"소는 그냥 짐승이에요." 그가 말했다.

"내가 함께 있을 거라고요. 바위 위로 굴러떨어질지도 모르잖아요."

그런 대화가 오간 뒤, 결국 조제프와 마르틴은 루사 곁에서 하룻밤을 보내기로 결정한다. 루사에게 담요를 덮어주고 멀리 골짜기의 불빛을 내려다보던 조제프는 주머니에 있던 하모니카를 떠올린다. 그 하모니카는 그가 군에 있을 때 하사관으로부터 받은 것으로 그가 오십 년 넘게 품에 지녀왔던 악기다. 깊어가는 밤 그는 연주를 시작한다. 바로 이 대목에서 내가 소설에서 가장 아름답다고 생각한 구절이 나온다.

나중에, 두 사람 모두 그가 얼마나 오랫동안 하모니카를 불었는지 기억하지 못했다. 밤이 추워졌다. 그의 발이 산허리를 구르며 박자를 맞추는 동안, 달빛을 받은 손은 노랫가락이 마치 악기 위에 기적같이 내려앉은 새라도 되는 것처럼 부드럽게 출렁였다. 모든 음악은 살아남는 일에 관한 것이고, 살아남은 자들에게 바치는 것이다. 루사는 한 번 몸을 부르르 떨었지만, 마비가 된 엉덩이 쪽은 움직일 수가 없었다.

나는 이 문장을 소리 내어 스무 번도 더 읽었다. 밤의 한가운데 좌초된 이들에게 시간은 분명 가혹한 것일 테지만, 살아남은 자들에게 바쳐진 노래가 있어 그들의 밤은 덜 가혹해

115

질 수 있었다. 그날의 하모니카 연주는 그들을 십여 년 전 추억 속으로 데려가기도 하고, 가사가 생각나지 않는 노래를 끝까지 부를 수 있게 도와주었으며, "죽은 이들과 아직 태어나지 않은 이들"을 위해 연주하는 일이 세상 모든 악기의 숙명임을 일깨워주었다. 그들뿐 아니라 물론 나에게도.

하모니카는 내게도 중요한 의미가 있는 악기다. 어려서부터 악기 하나쯤은 제대로 다루는 사람이 되고 싶었고 몇몇 악기들은 직접 배워볼 기회가 주어지기도 했다. 가장 오래 노력했던 악기는 역시나 피아노였다. 어려서는 자의든 타의든 누구나 피아노 학원에 '갇히는 시기'가 있는 것 같다. 나는 비좁은 방안에서 반복되고 번복되는 하농 연습이 답답해 재빨리 도망친 경우에 속한다. 중학교 특별활동 시간에는 대금 반에 소속되어 플라스틱 대금을 불어본 적도 있으나 이번에도 호흡과 운지법을 충분히 익히기에는 내 급한 성미가 문제였다. 그럼에도 악기에 대한 갈망은 늘 내 안에 잠재되어 있어 성인이 된 후에도 틈날 때마다 기회를 엿보게 만들었다. 아쟁의 구슬픈 음색이나 드럼의 활기는 마지막까지 욕심냈던 것들이다. 하지만 마음과는 달리 현실화되지는 못했다. 이제는 가까워지려는 마음마저 녹슬어버린 것 같다. 잘하지 못해도 시작만으로 충분히 의미 있다 생각하면서도 한편으로는 내 주제에 무슨, 시간도 없는데, 단념하게 되는 걸 보면.

하지만 하모니카는 달랐다. 하모니카는 예전에도 지금도 내가 잘 다룰 수 있는 악기다. 들숨과 날숨만 잘 운용하면 되는 쉬운 악기이기에 시간을 내어 따로 배우지 않아도 된다. 멀고 높은 곳에 있는 악기들을 생각하면 내가 그 악기들을 다룰 자격이 있나 소음으로 가득한 세상에 굳이 내가 나서서 소음 하나를 더 보탤 필요가 있나 싶어지지만 하모니카는 손에 들려 있다면 특별한 목적 없어도, 구속이나 강박 없이도 얼마든 연주가 가능하다. 그래서 의식 속에서 완전히 잊힌 악기이기도 했다. 아빠가 불던 하모니카가 어디 있었던 것 같은데. 친정집 창고 안에 잠들어 있으려나. 만약 아빠의 하모니카를 찾지 못한다면 새 하모니카를 구매해서라도 곁에 두고 싶다는 생각을 했다. 어느 날 내가 언덕에서 굴러떨어져 산중턱에서 밤을 지새워야 할 때, 하모니카만 있다면 내 손 위에도 기적 같은 새 한 마리 날아와 앉을지 모르니까.

존 버거의 소설을 경유하고 난 뒤의 하모니카는 이전과 달랐다. 그의 소설 속 하모니카 연주는 내게 악기와 음악의 본질을 깨우쳐주었다. "모든 음악은 살아남는 일에 관한 것이고, 살아남은 자들에게 바치는 것이다"라는 문장은 악기를 다룰 자격은 누군가가 누군가에게 부여하거나 부여받는 것이 아니라 악기에 내재된 것임을 증명하고 있었다. 하나의 악기로 말미암은 수천수만의 음악이 어디로 향하는가. 누구에게 고이는가. 연주자가 바라봐야 할 지점은 오직 그뿐이라는 것을.

올여름 태풍으로 강남 일대가 잠겼을 때 뉴스에서는 얼마나 많은 집과 차가 침수됐는지, 경제적 가치로 환원하면 피해 규모가 얼마인지를 연일 보도했다. 그즈음 한 학생으로부터 음악원이 위치한 서초동 연습실이 침수되었다는 소식을 전해들었다. 악기들이 물에 잠겨 발을 동동 구르는 학생들이 너무 많다고 했다. 햇볕에 말린다고 될 일이 아닐 텐데, 빗물 든 악기를 소생시킬 방법이 있나. 온종일 마음이 쓰여 물

웅덩이 근처를 얼마나 서성였는지 모른다. 뉴스 어디에도 물에 잠긴 악기에 관한 보도는 없었다. 당연한 일이다. 의식주의 문제는 언제나 빠른 해결을 요하고 예술의 문제는 부차적인 것으로 밀려나 열외가 되기 쉽다. 줄 세우기와 가치판단을 요청하는 세상에서 전력을 다해 하모니카를 연주하는 일은 그들을 "뒤처진 사람들"로 만드는 일인지도 모르겠다.

그럼에도 어떤 연주자는 방사능 피폭 지역에 일부러 찾아가 피아노 연주를 한다. 침몰하는 배 위에서 파도에 휩쓸리기 직전까지 악기를 포기하지 않는 연주자들도 있다. 우리의 소설 속 하모니카 연주자 역시 언덕에서 굴러떨어진 소 곁에서 밤새도록 하모니카를 분다. 이 사실은 무엇을 보여주는가.

「살아남은 자에게 바치는 노래」의 결말은 이러하다. 날이 밝고 루사는 무사히 구출되어 축사로 돌아온다. 하지만 루사의 건강은 악화될 대로 악화되었으며 마비된 부분은 원래대로 돌아오지 않는다. 이내 도축업자의 트럭이 도착해 루사를 태워간다. 트럭이 떠나고 바퀴자국이 난 길을 하염없이 바라보는 조제프를 클로즈업하며 소설은 끝이 난다. 이것은 비극일까?

비극이 아니라고는 말할 수 없을 것이다. 그것이 내가 이 책을 울부짖음의 동의어로 삼은 이유다. 다만 루사가 트럭에 실려가는 동안에도 그 이후의 삶에도 루사의 두 눈엔 음악이 고여 있으리라. 그 밤, 루사는 분명 듣고 있었다. 조제프와 마르틴이 듣고 소설 밖 나와 당신이 들은 것을 루사도 분명 듣고 있었다.

인공눈물

눈이 뻑뻑해지고 입술이 트기 시작하는 걸 보니 환절기인 모양이다. 이맘때면 연례행사처럼 안과를 찾는다. 인공눈물을 처방받기 위해서다. 계절을 감각하는 수많은 방법이 있겠으나 나의 가을은 인공눈물과 함께 온다. 진짜 눈물은 가로막히고 인공눈물에 의지해 겨우겨우 살아가는 날들이라니. 새삼 내가 발 딛고 선 땅이 어디쯤일까 싶어진다. 내가 나로부터 너무 멀리 왔다는 생각이 든다.

인공눈물 한 상자를 사서 약국을 나서는데 침핀 같은 가을 햇빛이 눈을 찌른다. 이럴 땐 울어야 하는데. 울어야 안 아픈데. 자연스러운 눈물은 요원해 보인다. 인공눈물을 급히 뜯어 투약한다. 이제 좀 살 것 같다. 여전히 가을 햇빛은 눈을 찌르고 나는 눈을 끔뻑이며 걷는다. 멀다, 멀어. 무엇이 먼지도 모르면서 그저 멀다, 멀다 중얼거리는 가을이다.

불현듯 나의 인어 생각이 난다. 그는 나의 세번째(이자 생의 마지막) 소설「인어의 방」에 등장하는 여자 주인공 격 인물이다. 소설이라는 말에 의아해하시려나. 그렇다. 놀랍게도(?) 내게도 소설을 습작한 이력이 있다. 살면서 딱 세 번, 모두 재학중에 과제로 쓴 소설들인데 더 놀라운 건 아직 그 작품들을 보관중이라는 사실이다. 책장 구석의 구석, 소설을 모아둔 파일 위론 뽀얗게 먼지가 내려앉아 있다. 졸업한 후로는 한 번도 꺼내본 적 없는 나의 애물단지.

가을 타나. 어쩐지 오늘은 소설 파일을 열어보고 싶어진다.

파일 안에는 그 무렵 제출했던 과제들, 합평했던 소설들이 빼곡하게 담겨 있다. 소설은 몇 편 되지 않으므로 어렵지 않게 찾을 수 있다. 생애 첫 소설인「그림자극」과 두번째 소설「죽음의 무도」를 지나면 오늘의 목적지「인어의 방」이 나온다. 하나같이 재미없고 심각한 제목들이네. 뭐가 이리 무거워? 인류의 미래가 내 펜에 달려 있다고 생각했던 게 분명하군. 치기 어린 지난날의 나를 마주하며 얼굴이 홧홧거리기도 하지만 어쩐지 싫지 않은 것 같다. 제법 귀여운 구석도 있다. 지금은 쓰지 못할 글들임엔 틀림없다.

단편 「인어의 방」을 펼치자 나의 인어가 흐느적흐느적 걸어나온다. 오랜만이네. 나 잊고 그동안 잘살았어? 행복했어? 말을 걸어온다. 주인공이 진짜 인어인 것은 아니고 항시 스팽글이 달린 검은 원피스를 입고 다니는 인물이어서 그런 별명이 붙은 것인데 여전히 자신감 넘치는 표정으로 '이리와, 다 태워줄게' 열 손가락에 불을 매달고 손짓한다. 그녀는 내 안에 있는 가장 용감한 나이자 가장 뜨거운 나였다. 소설은 장례식장에서 시작한다. 모르는 사람의 장례식장을 찾아다니며 서럽게 울기를 반복하는 여자가 있다. 그는 언제나 스팽글이 달린 검은 원피스를 입고 이 의식을 치르는데, 그 모습은 바닷가 바위에 걸터앉아 꼬리를 파닥거리며 물을 튀기는 인어를 연상케 한다. 그가 흐느낄 때마다 그의 몸을 감싼 검은 비늘이 신비롭게 물결치는 것 같았다고 목격자들은 증언한다.

그의 미스터리(?)한 행동에는 나름의 이유가 있으나 그 이유를 밝히는 순간 서사가 납작해질 것이므로 끝까지 함구하겠다. 이 이야기의 목표는 줄거리를 설명하는 데 있지 않으니까. 결론부터 말하자면 이 소설은 '여자의 입에서 흘러나오는 대사가 지나치게 관념적이고 모호하다' '인어 이미지가 너무 작위적이다' '인물과 사건이 따로 논다' '소설은 상처의 전시장이 아니다' 등의 혹평을 받으며 깊은 어둠 속에 묻혔다. 그후 나는 나의 문학적 재능이 소설에는 추호도 없음을 깨닫고 시에 매진할 수 있었고 지금까지도 그 선택에는 후회가 없다.

부끄러움을 무릅쓰고 이러한 내막을 공개하는 까닭은 그때의 내가 조금은 그리워진 까닭이다. 그때는 두 눈이 퍽퍽하다못해 가뭄처럼 쩍쩍 갈라져도 인공눈물에 의지하지 않고 세상을 살아갈 줄 알았다. 열 손가락에 불을 매단(실제로 그랬다는 건 아니고 그만큼 멋있었다는 뜻입니다) 나의 인어는 "중간이 있는 사람들만이 이유를 만들죠. 하지만 삶은 절대적인 거예요" 같은 대사를 표정 하나 바뀌지 않고 말했다. 지금은 그렇지 않다. 너무나 많은 이유가 나의 앞길을 가로

막는다. 주저하다 놓치는 경우가 허다하다. 서둘지 않고 천천히 가는 법, 배려와 이해를 배워가는 과정이라고 스스로를 다독여보기도 하지만 그 말은 반은 맞고 반은 틀리다. 삶에서 용기가 차지하는 비중이 부쩍 줄어든 것은 사실이니까.

인공눈물을 수시로 찾게 되는 요즘, 아마도 이 격차는 점점 더 벌어지리라 예감한다. 삶의 수순을 내 맘대로 뒤바꿀 수는 없다. 그립다는 이유로 나의 인어를 아무때고 소환할 수도 없다. 너 인공눈물 없이도 잘 울었잖아. 용감했잖아. 과거의 유령에 사로잡혀 지금 손에 들린 인공눈물을 도외시하는 것도 어리석은 일이다. 한 방울의 인공눈물로 말미암아 눈앞이 환해진다면, 시야가 확보된다면, 일단 그 힘을 빌려서라도 눈앞의 가을을 통과하는 데 집중하는 게 현명한 태도이지 않을까. 참을 수 없이 건조한 날들이 이어지더라도.

그날 이후 나는 전보다 자주 나의 인어를 생각한다. 다행인 건 나의 인어는 비록 과거에 있으나 내가 기억하는 한 사라지지 않는다는 사실이다. 한 방울이면 충분하던 인공눈물이 두 방울 세 방울이 되고, 언젠가 그마저도 더는 듣지 않는 날이 오더라도 인어는 그곳에 그대로 있다. 그리고 시간은 의외의 곳에서 뜻하지 않은 선물을 내어주기도 한다. 이를테면 먼지가 뽀얗게 내려앉은 파일 더미를 뒤적이다 우연히 발견한 메모 같은.

변신

문이 닫히려는 순간
재빨리 안으로 뛰어들어온 사람이 있었다.

그는 마지막 사람이 되었다.

주위를 두리번거리자
아무도 없었다.

그는 유일한 사람이 되었다.

이 방은 그로 가득하다.
그가 사라지면 이 방도 사라진다는 사실이 좋다.

바람은

　자신의 투명함이 믿기지 않아

　나뭇잎을 흔들어보았는지도 모른다.

　이 메모는 「인어의 방」 소설을 인쇄한 종이 맨 뒷면에 적혀 있었다. 엄숙한 합평 시간에 딴짓(변신술)을 하고 있었던 것이 분명하다! 그때 나는 무슨 마음이었을까. 소설에 대해 말하는 사람들 곁에서, 사람들로부터 도망쳐, 왜 이런 메모를 적어내려간 것일까.

　다만 내가 아는 건 인어는 하나의 얼굴로만 오지 않는다는 것. 나는 이 메모가 나의 인어가 가슴팍에 은밀하게 품고 있다 되돌려준 선물이라 믿는다.

3부

어쨌든 무릎이 깨졌다는 건

사랑했다는 뜻이다

등뼈를 상상하는 버릇

　명랑에게선 한 달째 연락이 없다. 명랑의 이름은 따로 있지만 오늘만큼은 그를 명랑이라 부르고 싶다. 명랑은 첫 시집에 수록된 시 「나의 명랑」의 모델이 되어주었던 친구다. "동화 속 비밀의 숲처럼/오려두고 싶은 슬픔으로 반짝"이는 눈을 가진 친구.

　명랑과는 하루가 멀다 하고 연락을 나누었었다. 오늘 저녁은 뭐 먹어? 아침 공기가 달라졌네. 이 책 읽어봤어? 그런 사소한 이야기들. 사는 거 왜 이래? 쉬운 날이 하루도 없다. 푸닥거리하듯 한숨을 내쉬다가도 결론은 잘살자 아무렴 잘살아야지로 끝나던 우리의 대화. 종종 답이 늦을 때는 있었어도 이렇게까지 메시지 확인을 안 하는 경우는 없었는데 그의 마음에 격랑이 다녀가는 중일까. 시간이 필요하다는 뜻이겠지. 명랑과의 대화가 사라지자 하루의 활기도 사라져버렸다. 비 맞은 강아지처럼 흐물흐물한 마음으로 포털 창을 연다.

벨루가(흰고래)에 대한 기사가 가장 먼저 눈에 띈다. 프랑스 센강에서 등뼈가 훤히 보일 만큼 앙상해진 벨루가가 발견되었다는 소식이다. 전문가들이 나서서 응급처치를 하고 먹이를 주었지만 입에도 대지 못할 만큼 쇠약해진 상태란다. 현 위치에서 가장 가까운 벨루가 서식지는 무려 3천 킬로미터나 떨어진 노르웨이 북부의 스발바르제도라던데 어쩌다 이곳까지 흘러든 건지 모르겠다. 급류에 휩쓸린 건가. 생사를 건 모험을 감행해야 할 이유가 있었나. 아무려나 바다에 살아야 할 고래가 민물에 갇혀 있으니 촌각을 다투는 위급상황이 틀림없다. 부디 중지가 모여 안전하게 집으로 돌아가기를 잠시 눈을 감고 기도한다.

다시 명랑을 떠올린다. 사진으로 본 벨루가의 앙상한 등뼈가 명랑의 뒷모습과 자꾸 겹쳐져서다. 내가 미처 알아차리지 못한 위험 신호가 있었을까. 그저 잠시 주변과 연락을 끊고 혼자 있고 싶은 거라면 괜찮지만 혹 긴급하게 도움을 필요로 하는 상황이라면 어쩌지. 명랑은 자기 이야기를 자주 하는 친구가 아니었다. 힘들어도 힘들다는 말을 거의 하지 않았다. 그것에 서운함을 느낀 적은 없다. 그것이 명랑의 방식이라는 걸 이해하기 때문이다. 그러나 지금은 검은 천으로 뒤덮인 상자를 마주한 기분이다. 지금껏 내가 알아온 건 무엇이었나 싶다. 한 사람을 안다는 건 무엇일까. 그의 생김새나 이름, 주소지를 안다고 해서 그를 안다고 말할 수 있나. 나는 그의 무엇을 보고 있었나. 생각을 털어내려 고개를 젓는다. 명랑에게는 그저 외부와 단절될 시간이 필요할 뿐이라고 되뇐다.

채팅창을 열어 명랑과 나누었던 대화들을 찬찬히 읽어본다. 명랑은 내 모든 글의 초고를 읽어주는 친구다. 시든 산문이든 일단 글이 쓰이고 나면 명랑에게 전송을 한다. 몇 주전 마감을 앞두고 신작 시를 써 보냈을 때에도 명랑은 말했다. 뭐라고 구체적으로 설명은 못하겠는데 첫 시집의 안희연이 떠오르는 것 같네. 뭐 더 안 고치면 좋겠어. 명랑은 언제나 좋다고 한다. 나는 혹시라도 이 대화의 행간에 내가 읽어 내지 못한 무언가가 숨어 있지는 않은지 꼼꼼하게 살펴본다. 나는 늘 받고 명랑은 늘 주는 사람이었음을 알아차린다.

　대화창의 스크롤을 올려 과거로, 더 과거로 가본다. 공유 했던 사진들이 수두룩하다. 명랑과 나는 책에서 인상 깊은 구절을 만나면 그 부분을 사진으로 찍어 서로에게 전송했다. 가끔은 배틀이 되기도 했다. 누가 더 극한의 고통을 찾아내 는가. 우리는 스친 줄도 모르게 우리를 베고 지나가는 무림 고수의 칼 같은 문장을 항상 기다렸다. 가장 최근에 내가 보 낸 문장은 파울 클레의 『현대미술을 찾아서』(열화당, 2014) 에 나오는 한 대목이었다. "내 희망으로는 그림 속에서 항상 자기가 좋아하는 주제만을 찾아내려는 문외한들은 점차 지 상에서 사라져서 어차피 실패할 수밖에 없는 방향으로만 존 재했으면 하는 생각입니다. 이러한 사람들은 대상에 대한 자 신의 정열만을 생각하기 때문입니다. 그리하여 그들은 우연 히 그림 속에서 낯익은 형상을 찾아낼 때 큰 기쁨을 느끼는 것입니다." 내가 찔려서, 내가 뜨끔해서 보낸 구절이었는데 역시나 예상 적중. 이어지는 명랑의 말은 이러했다. 이거 너무 무섭다. 무슨 책이니.

그럼에도 명랑을 이기기란 대체로 쉽지 않았다. 명랑은 웬만한 비극에는 눈도 꿈쩍 안 했다. 나는 그런 명랑을 전쟁광이라며 놀렸다. 명랑이 좋다고 이야기하는 소설들은 전시 상황을 배경으로 삼은 것들이 많았기 때문이다. 몇 해 전에는 앤서니 도어의 소설 『우리가 볼 수 없는 모든 빛』(제2차세계대전을 배경으로 한 소설)이 그렇게 좋다더니 최근에는 팀 오브라이언의 『그들이 가지고 다닌 것들』(베트남전쟁을 배경으로 한 자전적 소설)에 환호하는 거였다. "또 전쟁이야? 도대체가 취향이 변하질 않네" 놀리면, "그럼, 전쟁이지. 시체가 폭탄에 터져서 나무에 막 흩어져 걸려 있지" 했다.

알고 있다. 명랑이 사랑하는 건 전쟁이 아니라 '이것이 인간인가'라는 물음이고, 극한의 고통 속에서도 '라디오'를 포기하지 않는 용기라는 것을. 그러니까 우리에게 중요한 건 다름 아닌 라디오였다. 라디오는 우리를 다른 세계와 연결시켰다. 포탄이 날아다니고 용암이 펄펄 끓는 현실 속에서도 라디오 덕분에 완전히 망가지거나 함몰되지 않을 수 있었다. 주파수 맞추기가 쉽지는 않지만 연결만 된다면 그곳에선 언제나 아름다운 이야기가, 음악이 흘러나왔으니까.

그런데 명랑은 지금 라디오를 켜고 싶지 않은 것 같다.
어쩌면 수신 불가 구간을 지나고 있는지도 모른다.

그사이 센강의 벨루가 소식도 업데이트되었다. 수의사,
잠수부, 경찰 등 80여 명이나 투입되어 대대적인 구조작업
을 벌였음에도 벨루가의 상태는 점점 나빠졌으며 결국 소생
가능성이 없다고 판단, 안락사를 진행했다고 한다. 벨루가
는 사람에게 잘 길들여질 뿐 아니라 웃는 듯한 표정으로 인
기가 많아 수족관에 자주 갇힌다는 사실도 알게 되었다. 물
속에서는 카나리아와 비슷한 울음소리를 낸다는 사실도.
카나리아라니. 카나리아로 인해 나의 땅은 거세게 흔들린
적이 있다. 인간의 손에 길러진 역사가 사백 년이 넘었다는
새. "카나리아는 우는 소리가 아름다워 / 관상용으로 많이
기르는 새가 되었다고 한다"(「나의 규모」)라는 문장을 쓰면
서 마음속으로 한바탕 제의를 치렀었다. 누군가의 울음을 가
두어 관람하려는 인간에 환멸이 일었던 기억. 이 일련의 상

황들은 나를 점점 더 깊은 어둠 속으로 데려갔다. 그리고 어떤 뒷모습들을 보게 했다. 오래 들여다볼수록 선명해지는 벨루가의 앙상한 등뼈, 새장 속 카나리아의 등뼈, 그리고 명랑의 등뼈.

명랑에게선 여전히 연락이 없다. 명랑에게는 시간이 필요할 것이다. 다만 명랑에게는 라디오가 있으니 언젠가는 연결되리라는 믿음으로 이 글을 쓴다. 나는 오래전 명랑이 찍어 보내준 레이 브래드버리의 소설 속 한 대목을 떠올리고 있다. 메시지로 받은 원본 파일은 만료되어 불러올 수 없다고 한다. 당장 책을 꺼내 정확한 구절을 옮겨 적을 수도 있지만 그러지 않으려 한다. 이번만큼은 기억에 의존하고 싶어서다. 물리적 거리가 멀어지고 기다림이 길어져도 침식되거나 희석되지 않는 영역이 우리에게 있음을 스스로에게 증명해 보이고 싶어서다.

그것은 통신에 관한 이야기였다. 한 명은 지구에, 다른 한 명은 화성에 있는 두 사람이 메시지를 주고받는 장면. 내일 로켓을 타고 당신에게 가겠다. 내 목소리 듣고 있냐, 보고 싶고 사랑한다. 이쪽의 고백은 멀고먼 우주를 가로질러 저쪽으로 날아간다. 하지만 대부분의 말들은 우주의 공허에 잡아먹히고 유성우에 부딪혀 부서지고 흩어진다. 끝까지 살아남은 단어는 오직 이것이었다. ……사랑……

명랑은 지금 어디에 있을까. 우리 사이의 물리적 거리가 지구와 화성만큼 멀다 해도 괜찮다. 지지직지지직. 비 오는 날 터널을 지날 때처럼 라디오가 자꾸 먹통이 되어도 괜찮다. 이 거리가 너의 의미를 일깨우고 이 침묵이 너의 숨소리를 듣게 하니까. 다른 말들은 다 공중분해되어도 좋아. 허무에 파묻혀도 좋아. 한마디만 오롯이 전해질 수 있다면.

……ㅅㅏㄹㅇ……

그러니까 이 글의 목표는 하나. 너를 일으키려고 쓰는 글.

단추의 세계

너를 보면 단추가 떠올라.

그 말을 들은 이후, 단추 생각이 머리를 떠나지 않고 있다. 망사 스타킹 같은 사람, 야구방망이 같은 사람, 사다리, 소화기, 장화, 양초, 색연필…… 그 숱한 가능성 가운데 하필 단추인 이유가 궁금했지만 그 자리에서 되묻지는 않았다. 언젠가 단추라는 이름의 강아지를 만난 적 있고 그의 눈망울이 새까맣고 맑고 총명했던 게 생각났기 때문이다. 이것과 저것 사이에는 아무런 연관이 없지만 내 안에선 점과 점이 이어졌다. 출발선이 그어진 것 같았다. 단추. 내 두번째 이름으로 삼아볼까.

바둑돌 같고 조약돌 같은 단추(손에 쥐고 있으면 따뜻함이 감
도는). 단정한 쓸모를 지닌 단추. 자기 몫의 구멍을 품고 있
지만 늘 실과의 연결을 꿈꾸는 단추. 그가 나에게서 본 것이
그런 단추이기를 바라며 집으로 돌아와 옷장을 열었다. 모아
두었던 단추들이 떠올라서였다. 옷을 구매하면 여분으로 주
는 단추들이 어느덧 한 움큼, 바닥에 펼치니 밤하늘의 별자
리처럼 보였다. 가장 일반적인 형태의 구멍 단추(플랫 단추)
부터 스냅 단추(똑딱이 단추), 기둥 단추(단추 아래 달린 고리
에 실을 꿰어 고정하는)에 이르기까지, 크기도 종류도 다양한
단추들을 보고 있노라니 이 안에 한 세계가 있구나, 참으로
광활하다 싶다. 전 세계의 단추를 모아놓은 단추 박물관은
없으려나. 물론 있겠지. 단추의 역사는 곧 의복의 역사일 터
이고, 의복의 역사는 곧 인간의 역사일 터이니.

그날 이후 내 삶에서 단추는 한없이 커다래졌다. 가장 먼
저 옷을 고를 땐 단추에만 집중하는 현상부터 발현되기 시작
했다. 옷의 재질이나 색감, 전반적인 디자인은 마음에 드는
데 단추가 마음에 들지 않으면 가차없이 내려놓는 일이 잦아

진 것이다. 예전 같으면 아무 상관 없었을 거면서! 원하는 단추가 따로 있어서는 아니었다. 그럼에도 더 나은 단추가 있으리라는 기대를 버리지 못했다. 실체 없는 단추의 유령에 사로잡혀 가을이 다 가도록 재킷을, 겨울이 다 가도록 외투를 사지 못한 채 지지부진 계절을 났다. 이쯤 되니 이제 단추는 옷을 여미기 위한 도구가 아니었다. 단추는 옷의 중심이고, 옷의 영혼이 집약되어 있는 장소였다. 마침내 옷이 아니라 단추를 입는 지경에 이른 것이다!

더불어 세상의 크고 작은 문제들을 단추로 환원해서 생각하는 버릇도 생겼다. 단추가 있는 옷과 없는 옷은 어떻게 다를까. 단추로 인해 옷은 어떤 변화를 겪는가. 단추의 존재가 옷을 어떻게 망가뜨리거나 도약시키는가. 아니, 이 모든 질문에 답하기에 앞서 당신에게 단추란 무엇인가. 이제 더이상 단추 이야기가 아니다. 단추의 자리에 무엇을 넣더라도 성립 가능한 문장이기 때문이다.

흔하디흔한 셔츠도 달리 보게 됐다. 셔츠를 입을 때 단추를 끝까지 잠그면 단정하지만 답답한 인상을 줄 수 있다. 그렇다고 과감하게 단추를 풀면 자유분방함은 강조되지만 상대의 눈살을 찌푸리게 만들 수 있다(내게 당신의 속살을 봐야 할 의무는 없다고요!). 마주앉은 당신에게 나를 적당히 감추고 또한 열어 보일 수 있는 열쇠, 그것이 단추다. 작정하고 상대를 속이기 위한 단추도 있고(당신이 본 건 단추라는 착각일 뿐이에요), 떨어질 듯 떨어지지 않고 위태롭게 매달려 있는 단추도 있다(구해달라는 외침은 의외의 곳에서 들려온다). 이별을 앞둔 연인의 소매끝에서 그런 단추가 포착된다면? 그것이 그저 단추이기만 할 리는 없다. 더는 각자의 실과 바늘로 서로를 수선할 수 없음을 인정해야 하는 시간이다. 단추의 사회학이다.

그뿐인가. 당신은 단추 때문에 인생이 꼬였다는 원망을 수도 없이 들려왔다. 하나를 잘못 꿰면 줄줄이 어긋날 수밖에 없는 것이 단추의 일이니까. 단추는 집중력을 필요로 한다. 단추를 채우는 일은 느슨한 마음을 다잡는 의식처럼 느껴진다. 단추 달린 옷을 입을 땐 어쩐지 결연해지는 까닭이다.

물론 의도된 잘못도 있을 수 있다. 세상이 부여한 규칙을 따르지 않고 내 방식대로 삶을 꾸려가겠다는 의지. 자신만의 리듬으로 단추를 채운 셔츠는 근사하다. 단추 하나쯤 건너띈다고 세상이 무너지지도 않는다. 단추는 언제나 경계에 있다. 당신의 손은 확장 가능성을 품고 있다.

무엇보다 단추는 제 분수를 안다. 제아무리 크다 한들 손바닥보다 크기란 불가능하고, 제아무리 비싸고 화려하다 한들 본분을 잊는 순간 바닥에 떨어져 구르고 만다. 망해버린 단추 공장의 최후 같은 것에 사람들은 아무 관심도 없겠지만, 누군가는 사랑하는 이의 옷깃에서 떨어진 단추를 금화보다 귀하게 여기며 살 것이다.

앨범에, 액자에 소중히 보관해온 단추button가 눌리는 장면을 상상한다. 창밖으로 한 사람의 생애가 강물처럼 흘러가고, 당신의 영혼이 진동하다 이윽고 고요해진다.

내게도 그런 단추가 있다. 바쁜 스케줄을 소화하느라 연일 강행군이던 어느 날의 일이다. 오늘은 막차를 타고 내일은 첫차를 타야 하는 숨가쁜 스케줄. 밤늦은 시간, 엄마에게 전화를 했다. 엄마, 내가 지금 막차(기차)를 타고 막차(지하철)를 타서 엄마 집으로 가는 길이야. 내일 새벽같이 나와야 하지만 몇 시간만 재워줄 수 있을까. 새벽 한시가 가까워오는 시간, 엄마의 편안한 잠을 방해했다는 미안함을 가득 안고 지하철 출구를 나섰는데 횡단보도 건너편, 익숙한 얼굴이 보였다. 희연아, 하며 손을 흔드는 새벽의 엄마. 실루엣을 보자마자 눈물이 핑 돌았다. 신호가 바뀌기를 기다리며 반사적으로 휴대전화 카메라를 켰다. 찰나였지만 지금 이 시간을 영상으로 기록해둬야겠다는 생각이 스쳤다. 먼 훗날 나는 이 장면 때문에 통곡을 하며 울겠구나. 이보다 완전무결한 행복은 앞으로도 허락되지 않을 것이다. 그런 서글픈 직감과 예감.

신호가 바뀌고 카메라를 든 나는 전속력으로 달렸다. 동영상에는 엄마아아아아 하는 나의 목소리와 위아래로 어지럽게 흔들리는 화면, 저 멀리 손을 뻗어 나를 안으려는 엄마가 있고, 그날의 영상은 갑자기 들이민 카메라에 놀란 표정을 지어 보이는 엄마의 클로즈업된 얼굴에서 끝이 난다. 늦었는데 왜 나왔어, 딸이 온다니까 마중 나왔지, 엄마 늦게 미안해, 무슨 소리야 우리 딸이 오는 건 언제든 좋아, 바쁘고 힘들어서 어쩌니, 팔짱을 끼고 걸어 집에 도착해서도 나는 이 행복이 너무 완전하다는 생각이 들어 쉽사리 잠들지 못했다. 동영상을 수십 번 돌려보고 또 보았고.

그러다 알았다. 엄마가 입고 있던 옷이 얇은 보랏빛 카디 건이었다는 사실을. 실내복을 적절히 감추기에, 밤의 쌀쌀 함을 보완하기에 더할 나위 없는 옷. 카디건에는 단추가 달 려 있었지만 엄마는 단추를 잠그지 않고 걸치듯이 그 옷을 입고 있었다. 걸치듯이. 거울 앞에서 또박또박 단추를 잠그 기에는 엄마의 마음이 이미 문밖을 나서고 있었으리라.

카디건이라는 마중, 몸보다 마음이 먼저 달려나가는 속도 앞에서 단추는 속수무책이고 그날부로 나는 영원히 잠기지 않는 단추 하나를 갖게 되었다. 단추가 내 삶에서 어디까지 커다래지고 깊어질지 알지 못하는 채로 여전히 나는 그 단추 를 쥐고 있다.

돌아볼 용기

오늘부터 꼬박 일주일 뒤 이 집을 떠난다. 내 살림을 꾸린 뒤 처음 겪는 이사라 긴장이 많이 된다. 평소 낭비벽 없이 검소한 편이라고, 이 정도면 단출한 살림이라고 자부해왔는데 오산이었나보다. 여는 서랍마다 언제 넣어뒀는지 모를 과거의 유물들이 한가득인 걸 보면. 유통기한 지난 의약품, 냉동실에서 꽝꽝 얼어 흉기가 되어버린 음식들, 잘 입지 않아 구석의 구석까지 밀려난 옷과 신발들…… 생활의 민낯을 보는 듯해 얼굴이 화끈거린다. 지금 이 시간에도 끊임없이 먹을 것을 달라 보채는 허기진 삶 앞에서 잠시 아연한 표정으로 앉아 있었다. 이윽고 전장에 나가는 장수처럼 몸을 일으

컸다. 그래, 일단 대형 쓰레기봉투를 사는 거야.

　슈퍼는 이쪽인데 이상하게 발은 저쪽, 시장 어귀를 향한
다. 마음도 롤러코스터를 타는지 바쁘다. 떠날 결심을 한 날
에는 이 집의 모든 것이 지긋지긋했다. 헌 집 헌 동네엔 미련
없다고 새 집 새 동네에서 새 마음으로 살 거라고 시간은 분
절될 수 있고 세계는 뒤바뀔 수 있다는 듯 굴었다. 어림없는
소리. 매끄러운 기억만 골라 가질 수 없다는 걸 알면서도 사
람의 우매함은 어쩜 이렇게 일관적일까. 그렇게 편집된 인간
이 무슨 매력이 있다고. 으이구 으이구 머리를 쥐어박는다.

　내 발이 자연스럽게 시장 어귀로 향한 건 거기 내 단골 칼
국숫집이 있기 때문이다. 금강산도 식후경이라는데 일단 먹
고 시작하자는 마음의 소리였을 것이다. 시장 옆에 위치한
이 작고 허름한 칼국숫집을 나는 참 좋아했다. 특히나 해가
짧아지는 겨울에 혼자 끼니를 해결해야 할 때면 언제나 이
집 칼국수가 1번으로 생각났다. 이 집의 시그니처 메뉴는 미
나리를 산더미처럼 쌓아주는 매운 칼국수지만 그건 2인분
이상 주문이 가능하므로 혼자일 땐 바지락칼국수를 주문해
야 한다. 그렇다고 아쉽지는 않은 게 바지락칼국수에만 딸려

나오는 청양고추 다짐이 엄청난 별미여서다. 엄마도 공주에서 칼국숫집에 가면 항시 이렇게 고추 다진 걸 주었노라 하신 걸 보면 아마도 충청도식인 모양이다. 이사 가면 이 집 수타면의 쫄깃함이나 겉절이의 깔끔함보다 청양고추 다짐이 더 먼저 더 오래 생각날 것 같다. 새콤함과 매콤함이 조화롭게 공존하는 청양고추 다짐 한 스푼이 평범했던 칼국수 국물을 얼마나 높은 수준으로 끌어올리는지에 대해 논문이라도 쓰고 싶은 심정이다. 이 엄청남을 묘사할 나의 언어가 빈약하다는 게 통탄스러울 뿐.

이 칼국숫집의 존재를 알게 된 건 바로 옆에 자리한 우체국 덕분이다. 이 집에 사는 오 년 동안 펴낸 책이 많다. 책이 나오면 주변의 고마운 분들께 서명본을 발송하기 위해 우체국을 수시로 드나드는데 한번은 책을 이고 지고 가게 앞을 지나다 수타중인 주방장님과 눈이 마주쳤다. 통유리 너머 수타실이 훤히 들여다보이는 구조였다. 당신도 무겁군요. 애쓰고 있군요. 우리 사이에 오가던 무언의 대화를 기억한다. 그것이 인연의 시작이었다. 그날 내 앞에 도착한 칼국수 한 그릇을 남김없이 깨끗하게 비우는 것으로 주방장님께 화답

했다. 그래도 애쓴 만큼 맛이 좋네요. 누가 뭐래도 저는 시간의 힘을 믿어요.

우체국과 칼국숫집 사이에는 수족관이 있다. 간판은 수족관인데 가둘 수 있는 것이면 무엇이든 취급하는 가게 같다. 흘깃 본 캄캄한 실내에는 수족관이 천장까지 쌓여 있고 가게 앞으로는 새장을 탑처럼 쌓아두어 지날 때마다 눈을 피하게 되는 곳이다. 얼마 전까지는 흰 새 한 마리가 갇혀 있었는데 오늘은 노란 새 두 마리가 갇혀 있다. 울음소리가 아름답다. 나는 이 풍경이 이해되지 않는다. 다만 볼 뿐. 우체국과 칼국숫집, 수족관이 나란히 놓인 이 좁은 길은 내게 세상의 요약본처럼 다가온다. 가두고 보내고, 사랑하고 환멸하고, 차가워지고 뜨거워지는 모든 일이 이 좁은 골목 안에서 이루어지고 있다.

예기치 못한 산책이었지만 걷다보니 마음이 좋다. 안녕, 잘 있어. 동네를 떠나기 전 나만의 작별식을 치르는 기분도 들고. 본격적으로 걸어볼 결심을 하니 가야 할 곳이 계속해서 생각난다. 뻔질나게 드나들던 세계맥주 판매점 앞을 지난다. 맥주 좋아하는 사람들 사이에서는 성지처럼 여겨지는 곳이다. 멀리서도 일부러 찾아오는 맥주 애호가들이 많단다. 이 집에서 사 먹은 '두체스 드 부르고뉴'가 도대체 몇 병일까 속으로 셈하며, 덕분에 절제의 미학을 배웠다고 감사를 전한다. 정신없이 쓸어담다보면 가산 탕진도 가능한 곳이었으니.

맞은편 비스트로가 있던 자리를 향해서도 인사한다. 바 형식으로 되어 있어 주방장님이 오븐에 빵을 데우는 장면, 스테이크나 관자를 굽고 파스타 면을 젓가락으로 돌돌 말아 접시에 담는 장면을 보는 재미가 쏠쏠했다. 결혼기념일 저녁에는 꼭 이곳에서 남편과 식사를 했다. 축하의 표시로 광어 세비체를 서비스로 내어주시던 주방장님이 떠오른다. 코로나 불황을 거치며 결국 폐업을 결정하셨지만 제겐 여느 미슐랭 레스토랑보다 근사한 곳이었답니다.

마음이 울적할 때마다 찾아가던 화원 '늘꽃처럼' 앞에는 좀더 오래 머문다. 수백 종 모종이 좌판에 깔리면 그제야 봄이 왔다는 걸 알았다. 사지는 않고 늘 기웃거리다 돌아가는 실속 없는 손님이었지만 이곳이 있어 한 시절을 견뎠답니다. 이곳에서 보았던 식물들이 시로 산문으로 피어났다는 소식,

이제야 전해요. 오 년간 제 머리를 책임져주신 Y 헤어숍 선생님께도 창밖에서 안녕. 마음대로 할 수 있는 게 머리밖에 없다고 "저 쇼트커트 하고 싶은데 어울릴까요?" 물었을 때 "음…… 고객님은 얼굴형이 각져서 쇼트커트는 안 어울려요. 긴 머리로 턱을 가리는 게 좋겠는데요." 비정하게 말씀해주셨던 선생님. 저 그날부로 선생님 팬 됐잖아요. 오 년 동안 한결같은 스타일 유지할 수 있게 해주셔서 감사했어요. 앞으로는 변덕 안 부리고 착하게 살게요.

음식 가격은 고객이 정한다! 일단 음식을 내어준 뒤 음식값은 내고 싶은 만큼 알아서 내는 참신한 시스템을 도입했던 T 쌀국숫집도 안녕. 몇몇 악덕 손님들 탓에 이후 정찰제로 바뀌기는 했지만 저는 사장님에게서 자부심과 믿음을 읽었어요. 시계 약 갈러 들렀던 금은방도 안녕. 사장님은 멈췄던 제 삶의 시계를 다시 움직이게 해주신 분이세요. 세탁소도 표구사도 안녕. 과일가게도 중국집도 철물점도 안녕. 벚나무와 감나무, 길고양이들도 안녕. 그렇게 동네 한 바퀴를 돌아 다시 집으로 돌아왔을 땐 쓰레기봉투 같은 건 필요 없다는 마음이 되었다. 버릴 수 없는 이 모든 것. 나의 둘레, 나의 바탕이었다.

이렇게 또 관형사의 중요성을 깨닫는다. 『그 산 그 사람 그 개』라는 소설 제목처럼, 지시관형사가 붙는 순간 존재는 다른 차원으로 도약한다. 인간이 살기 위해 많은 게 필요한 것 같지만 사실은 그렇지 않다. 어깨를 부딪치며 지나가는 수많은 사람 중 '그 사람' 하나만 있으면 인간은 살 수 있다. 견딜 수 있다. 지난 오 년간 이곳에서 내가 한 일도 그것이었구나 싶다. 그 동네를 이 동네로, 그 마음을 이 마음으로 만드는 일. 이제 다시 저 동네를 이 동네로, 저 마음을 이 마음으로 만들어야 하리라.

이사를 사흘 앞둔 오늘, 이번에는 샛길로 새지 않고 곧장 슈퍼로 가 100리터짜리 쓰레기봉투를 샀다. 생활은 구체적인 실감의 영역이고 결코 낭만으로만 굴러갈 수 없음을 재확인하는 시간이다. 봉투는 금세 채워진다. 버릴 수 없어. 그래도 버려야 해. 자꾸 비장해진다. 물건이 아니라 마음에 대고 하는 말 같다. 사람들은 신화 속 오르페우스의 실패를, 비극을 이야기한다지만 지금 내게 필요한 건 오르페우스의 용기가 아닐까 싶다. 돌아볼 용기. 돌이 될 것을 알면서도 돌아볼 용기.

삶의 한 국면을 넘어간다는 느낌이 강하게 드는 요즘, 나의 삶은 그 어느 때보다 충만하다. 나는 이것이 돌아봄의 결과라고 믿는다. 그러고 보면 이사란 거주지를 옮기는 일이 아니라 마음을 거슬러오르는 일 아닐까? 출발선 앞에서 과감하게 뒤돌아선다. 폴짝폴짝 과거로 가는 뜀틀을 넘는다. 마음이 시작된 곳으로 가는 것이다.

그렇게 나는 이 집에 처음 발을 들이던 날에 도착한다. 이곳에 소파를 놓고 이곳에 책상과 책장을 놓으면…… 마음속으론 이미 지도를 그리고 있다. 눈빛이 반짝이고 있다. 어쩐지 이곳에 살게 되리라는 느낌.

밤 산책

이런 풍경을 보았다. 어린이집 선생님과 아이들의 평화를 가장한(?) 산책 장면. 선생님은 전방에서 손잡이가 달린 줄을 잡고 있었고 열 명 남짓한 아이들은 손잡이를 하나씩 잡고 줄줄이 사탕처럼 그 뒤를 따랐다. 유심히 보게 되는 장면이었다. 모두의 이탈을 막고 한 방향으로 움직여 갈 수 있는 건 줄 덕분이구나. 새삼 줄의 존재가 대단해 보였다. 아무렴, 붙잡을 무언가가 있다는 사실만으로도 버티게 되는 날들이 있지. 천천히 그러나 부산한 그들의 움직임을 바라보고 있노라니 이상한 기분에 사로잡혔다. 마음이라는 호수에 송사리 한 마리 풀어놓은 듯 일렁임이 멈추지 않았다.

물론 줄이 있으나 마나 통제 불능 상태인 건 똑같았다. 아이들의 물리적 손은 손잡이에 붙들려 있으나 정신의 손은 저마다의 관심으로 바쁜 모양새였다. Y야, 그건 만지면 안 돼요. 환경미화원 아저씨가 낙엽을 쓸어 예쁘게 담아놓으신 거예요. 발로 차지 말고 이쪽으로 오세요. S야, 조금만 빨리 걸을까? 친구들과 속도 맞춰 걸어야지. 선생님의 목청은 점점 높아지고 급기야 한 아이가 넘어진다. 한 명이 넘어지니 뒤따르던 아이들도 우르르 넘어지고, 한 명이 울기 시작하자 옆의 아이도 그 옆의 아이도 따라 운다. 울음소리는 합창을 이루는데 그저 마른 울음이고 진짜로 우는 이는 사실 없다.

선생님은 한 명 한 명 일으키며 괜찮아 괜찮아 아이들의 무릎과 엉덩이를 털어준다. 아이들은 언제 그랬냐는 듯 다시 생글생글이다. K야, 손잡이 잡아야지. L이, 앞에 보고 똑바로 걸으세요. 전방의 선생님만큼이나 후방의 선생님도 분주하긴 마찬가지다. 앞에서 챙기지 못한 아이 뒤따르며 챙기느라 종종걸음을 면치 못한다. 이 모든 게 고작 십오 미터쯤 오는 동안 벌어진 일.

그로부터 꽤 여러 날이 흘렀음에도 며칠째 그 풍경에 사로잡혀 있다. 최근에 메리 루플의 산문집을 읽다 "내가 걸려 넘어진 나무뿌리의 규칙성"(『나의 사유 재산』, 카라칼, 2019)이라는 표현을 마주했는데, 아마도 그날의 풍경이 내게는 나무뿌리였던 모양이다. (언어의) 숲을 거닐던 시인은 자신을 넘어뜨리는 나무뿌리에 어떤 공통점이 있을 거라는 추측을 한다. 이야기는 더 나아가지 않고 거기서 멈춰 있지만 내게는 그 문장이 집채만한 크기로 다가온다. 메리 루플이 말하는 '나무뿌리의 규칙성'이 '나의 가장 무른 부분'과 동의어로 이해되는 까닭이다. 나를 걸려 넘어뜨리는 나무뿌리에 일종의 규칙이 있다면, 그 규칙성을 파악하는 일은 내가 어떤 사람인지, 어떤 말이나 표정 혹은 상황에 취약한지, 무엇 때문에 번번이 주저앉는지를 탐색하는 과정과 크게 다르지 않을 것이다. 일곱 번 넘어져도 여덟 번 일어나기를 종용하는 세상에서 나의 관심은 그가 여덟 번 일어났는가의 여부가 아닌, 일곱 번 넘어진 무릎이 어떻게 어느 정도로 깨졌는가를 향한다. 언젠가 그가 여덟 번 아홉 번 넘어질 때 — 애석하지만 삶은 그를 또 넘어뜨릴 것이다 — 정확히 그 자리가 깨질

확률이 높기 때문이다.

그러니 어린이집 식구들의 평범한 산책이 나의 나무뿌리였던 까닭을 나는 곰곰 생각해보아야 할 것 같다. 거기 진짜 내 마음이 있으리라는 생각이다. 나에게도 그런 시절이 있었으나 다시는 그때로 되돌아갈 수 없다는 데서 오는 순정한 슬픔일까. 더 세게 붙들수록 더더욱 놓고 싶어지는 줄의 존재, 신의 썩은 동아줄이 아니길 바라는 은밀한 기도일까. 하나가 넘어지면 우르르 넘어지고 하나가 울면 울음의 합창이 벌어지는 내 안의 통제 불능 마음들 사실은 버겁다는 투정일까. 나는 계속 생각하고 있다. 결론을 내리기 위해서가 아니라 나를 알고 듣고 이해하기 위해서.

나는 그 과정을 '밤 산책'이라 부르고 싶다. 나에게 밤 산책은 산책이 끝난 후에 비로소 시작되는 산책이다. 전자의 산책은 몸으로 하는 것이고 후자의 산책은 마음으로 하는 것이다. 낮 산책에서는 나를 둘러싼 세계를 볼 수 있지만 밤 산책에서는 유리창에 비친 나를 보게 된다. 낮 산책은 밖을 열며 나아가지만 밤 산책은 안을 열며 나아간다. 낮 산책에서는 주로 본다. 현상을, 이미지를, 나에게 도착한 장면을 판단하지 않고 일단 보는 것이 중요하다. 밤 산책에서는 곱씹는다. 현상을, 이미지를, 그 안에 숨은 의미를 침착하게 파악해보려는 노력이 이어진다. 낮 산책은 질문하려는 노력이고 밤 산책은 응답하려는 노력이다.

나의 시는 그 사이 어디쯤에서 깨진 무릎. 거기 있는 줄도 몰랐던 나무뿌리에 걸려 넘어졌다는 증거. 어디가 얼마나 아픈지를 보여주는 지표. 어쨌든 무릎이 깨졌다는 건 사랑했다는 뜻이다.

근래에는 「조각 공원」 연작을 쓰는 일에 몰두중이다. 그 시는 어느 여름날의 산책에서 시작되었다. 나는 섬 전체가 정원으로 꾸며진 근사한 산책로를 걷고 있었다. 몇 걸음 못 가 얼음물을 벌컥벌컥 들이켜며 그늘을 찾아다닐 만큼 무더웠던 여름날이었다. 공원 곳곳에 지도가 놓여 있었지만 딱 한 번 본 뒤엔 보지 않았다. 그저 발길 닿는 대로 걷고 싶은 마음이기도 했고 어떤 코스로 걷든 섬 중심부에 위치한 '비너스 가든'을 한 번은 거쳐야 하는 구조임을 파악한 덕분이다. 지형을 알았다고 해서 빤하다는 느낌은 들지 않았다. 섬을 이루는 진귀한 식물들과 근사한 조각들이 곳곳에서 시선을 잡아끌었다. 한 걸음 한 걸음 걸을 때마다 새로운 조각이 나타나 나를 놀라게 했다. 이렇게 많은 조각을 한꺼번에 본 적 있었던가. 처음에는 조각이 참 많구나 생각했고 그다음엔 조각이란 무엇일까 생각했다. 밤이 되면 이 조각들이 깨어나 움직이는 건 아닐까. 말을 걸고 싶을 만큼 정교한 조각 앞에 선 정말로 말을 걸어보기도 했다. 씻고 싶겠어요. 머리 위로 새똥 흐른 자국 선명한 비너스상 앞에서였다.

낮 산책은 거기까지였다. 배를 타고 섬을 떠나며 산책도 끝이 났다고 생각했다. 그러나 나는 오래도록 그 섬을 걷고 있었다. "정물이란, 외출이 길어진 사람의 거주지일까"라는 문장을 우연히 적었을 때였다. 바통을 넘겨받은 다음 주자처럼 밤 산책이 시작되었음을 알았다. 그 무렵 나는 『온 세계가 마을로 온 날—가장 어두울 때의 사랑에 관하여』(갈라파고스, 2021)라는, 9·11 테러 이후 일주일의 시간을 다룬 책을 읽고 있었다. 납치된 여객기가 세계무역센터를 가로지른 뒤 미 영공이 폐쇄되자 당시 비행중이던 유럽발 항공기들은 임시로 착륙할 공항을 찾아야 했다. 캐나다 남동부에 위치한 갠더국제공항은 그 대안으로 가장 적합한 장소였다. 이 책은 바로 그곳, 갠더를 배경으로 펼쳐진다. 갠더에 도착한 세계 각지의 피난민들에게 갠더 주민들이 보여준 환대와 사랑, 신뢰와 회복에 관한 이야기.

갠더 주민들은 거의 모든 것을 내어주었다. 누가 시켜서가 아니었다. 그들은 타인의 고통을 모른 척하지 않았다. 누군가는 담요를 들고 왔고 누군가는 물이나 샌드위치를 가져왔다. 씻을 수 있도록 자신의 집 욕실과 거실 소파를 내어주거나 어린이를 위한 장난감을 기부한 이도 있었는데 총이나 칼처럼 전투를 떠올리게 하는 폭력적인 장난감은 제외해야 한다는 조건을 달 만큼 세심하게 마음을 썼다.

이 모든 것이 사랑의 장면이었지만 내게 가장 인상적이었던 장면은 이것이다. 비행기에서 내린 승객들이 임시 거처로 줄지어 이동할 때 어느 자원봉사자 한 명이 커다란 세계지도를 벽에 붙였다고 한다. 그러곤 빨간색 마커로 갠더를 가리키는 화살표를 그린 뒤 '현 위치'라 적어넣었단다. 공황 상태였던 승객들은 그 지도를 보며 지금 자신이 어디에 있는지

확인할 수 있었고, 방향 감각을 되찾는 데 큰 도움을 받았다고 책은 설명한다.

나는 그 자원봉사자에게서 시의 마음을 봤다. 시는 먹을 것을 제공해 즉각적으로 배고픔을 달래줄 수 없고 생활의 편의를 제공하는 데에도 쓸모없지만 지금 당신이 어디에 있는지는 알려줄 수 있다. 당신 지금 아프군요. 당신은 상실의 한가운데 들어와 있어요. 이곳은 모든 것을 얼리는 냉동창고이니 이곳에서 잠들면 안 돼요. 당신 입술이 파래지고 있어요.

생각이 여기까지 이르렀을 때 낮의 공원과 밤의 공원, 낮 산책과 밤 산책을 구분하는 건 소용없는 일이라는 생각이 들었다. 지금 내가 걷고 있는 조각 공원은 이곳이면서 동시에 저곳인 시의 세계에 있다. 그곳은 나를 축으로 형성되며 나로 말미암아 열릴 수도 닫힐 수도 있는 공간이다.

주위를 둘러보니 방문객은 나뿐이 아니었다. 우리는 모두 동일한 조각 공원을 걷고 있지만 각자의 손에 들린 지도는 다르다. 그곳에서 마주한 조각들도 모두 다르다. 나의 출구가 당신의 입구가 되기도 한다.

공원은 내게 말을 걸어온다. 이 조각들, 그저 조각일 뿐인가요. 당신 지금 슬픔 속에 있어요. 이곳은 당신의 슬픔이 만든 공간이에요. 그러니 슬픔을 탕진할 때까지 머무세요. 저는 조각인 척 당신의 곁을 지킬게요.

이 산책이 언제까지 지속될지, 산책의 끝은 어디인지 알 수 없다. 다만 내가 아는 것은 이것이다. 당신이 어디에 있든 시는 당신을 찾아낸다는 것. 당신을 알아본다는 것.

당신의 현 위치는 여기입니다. 시가 빨간색 마커를 들고 화살표를 그려넣는 장면을 나는 똑똑히 보았다. 번번이 당신을 걸려 넘어뜨리는 나무뿌리의 규칙성이 거기 있다.

옮겨짐과 옮겨냄

　며칠 전 엄마에게 놀라운 일이 생겼다. 난생처음 경품에 당첨되는 행운이 주어진 것이다. 그날의 경품은 라탄 바구니가 달린 베이지색 자전거. 가족 채팅창에 올라온 사진을 클릭해보니 경품 자전거에 올라 브이 자를 그리며 환히 웃는 엄마가 보였다. 덩달아 나의 낯빛도 환해졌다. 그깟 경품이 뭐라고 사람을 이렇게까지 들어올리나 싶다가도, 한 인간의 삶에서 행운이 차지하는 지분이 얼마나 박한지 알기에 곧장 수긍하게 됐다. 1, 2등은 아니어도 참가상보다는 조금 나은 행운. 내가 삶에 기대하는 행운도 그런 행운에 가까운 것 같다는 마음을 담아 엄마에게 축하 이모티콘을 전송했다. 엄마의 프로필 사진이 그새 바뀌어 있었다.

자전거는 엄마의 승용차에 실려 집으로 왔다. 차라리 용달을 부를 것을, 일반 승용차에 자전거를 싣는 과정이 만만치 않았다는 전언이다. 조수석을 최대한 뒤로 눕히고 성인 남성 둘이 낑낑거리며 차에 싣는 데까지는 성공했는데 문제는 그다음이었다. 실었으니 꺼내야 하는데 이 과정이 엄마 혼자 힘으로는 불가했다. 며칠 뒤 가족 모임이 예정되어 있어 언니 부부가 자전거를 꺼내 가져가기로 했다. 엄마보다는 자전거를 더 잘 탈 사람이 행운의 실소유자가 되는 것이 좋겠다는 결론이었다.

당일이 되었다. 차 두 대를 나란히 대고 이쪽에서 저쪽으로 자전거 옮기기 프로젝트가 시작되었다. 금방 끝날 줄 알았던 작업은 30분이 넘도록 고전을 면치 못했다. 넣을 때도 쉽지 않았다더니 꺼낼 때는 더욱 고생스러웠다. 이렇게 꺼내자니 손잡이가 걸리고 저렇게 꺼내자니 뒷바퀴가 걸리고 다들 승용차 문 하나씩을 차지한 채 고개를 안으로 들이밀고 사선으로 눕힌 자전거 한 대를 꺼내기 위해 진땀을 흘려야 했다. 이렇게는 각도가 안 나와. 아니야, 그 상태로 뒤로

좀더 빼야 한다니까. 으악! 나 바큇살에 손이 꼈다고! 급기야 언성이 높아지기 시작, 이게 무슨 행운인가 싶어지고 점차 말이 없어지면서 애꿎은 자전거에 온갖 짜증을 덧씌우기 시작했다. 아니 왜 엄마는 (이딴) 자전거를 받아와가지고 이 불행을 초래한 것이냐! (라고 말은 안 했지만 속으로는 다들 그랬을 것이다.)

결론부터 말하자면 형부의 기지로 자전거를 빼내는 데 성공했다. 그제야 다들 와하하 웃었다. 중간 과정에서 잠시 불행일 뻔했으나 결국엔 행운이 맞았다는 결론. 해프닝이 해프닝일 수 있는 건 어쨌든 끝이 났기 때문이라는 걸 그때 알았다.

그날 이후 자전거는 내게 하나의 상징이 되었다. 이쪽에서 저쪽으로의 옮겨짐, 그렇게 옮겨지는 모든 것을 지칭하는. '옮기다'라는 동사의 부피와 무게를 제대로 감각하기 시작했다는 의미이기도 하다. 하루에도 몇 번씩, 때와 장소를 가리지 않고 무수히 많은 것을 옮기며 살고 있었다는 사실을 깨달은 것이다.

나는 옮기는 동시에 옮겨지는 존재였다. 외출시 동행하는 가방은, 가방 속 책과 소지품들은 나로 인해 옮겨진다. 마트의 식료품과 생필품들, 종량제 봉투에 담긴 쓰레기들은 나로 인해 옮겨진다. 친구에게 건네줄 선물과 꽃다발은, 우편물은, 손에서 손으로 심플하게 건너간다. 이런 옮겨짐은 단순하다. 표면과 이면이 분리되지 않는다. 완성한 요리를 접시 위로 옮겨 담는 일, 천장에서 창밖으로 시선을 옮기는 일, 출근에서 퇴근으로 터벅터벅 나를 끌고 가는 일, 집을 이사하는 일 또한 수고롭기는 해도 모두 내 선에서 통제 가능한 옮겨짐이다.

문제는 옮길 수 없는 것을 옮겨야 할 때다. 나를 지나 당신에게로 무언가를 옮겨야 할 때. 이 경우는 당신이 (살아) 있든 없든 똑같이 어렵다. 이 옮겨냄은 단순하지 않다. 눈앞에 당신이 있다고 해서 줄 수 있는 것도 아니고 눈앞에 당신이 없다고 해서 줄 수 없는 것도 아니다.

나는 머릿속으로 깃털 하나를 떠올린다. 공중에 깃털 하나가 나타난다. 나는 당신에게 이 깃털을 주고 싶다고 생각한다. 깃털은 하얗고 가볍고 부드러우니까. 무해하니까. 하지만 깃털은 손에 잡히지 않는다. 거듭 손을 뻗어보아도, 도구를 동원해도 소용없다. 나는 애가 타기 시작한다. 시간은 하염없이 흐르는데 깃털은 눈앞에서 사뿐사뿐 날고 있다. 급기야 나는 깃털을 의심하고 부정하기에 이른다. 깃털 앞에 무릎 꿇고 애걸복걸하기도 한다. 깃털은 사라지지도 않는다. 깃털 이전의 시간으로는 되돌아갈 방법이 없는 것이다.

　나는 눈을 감았다 뜬다. 다른 세계에 도착해 있다. 이곳에도 깃털은 있다. 그 깃털은 청동으로 만들어졌으며 거대한 청동의 산꼭대기, 청동 바위 위에 놓여 있다. 그 깃털은 본체로부터 분리되지 않는다. 깃털을 옮기려면 청동의 산을 통째로 들어 옮기는 수밖엔 방법이 없다.

　눈을 감았다 뜨면 붉은 깃털이,

　눈을 감았다 뜨면 검은 깃털이,

　눈을 감았다 뜨면 깃털 뽑힌 새가 나를 빤히 바라보고 있다.

　눈을 감았다 뜨면……

　한 사람이 한 사람을 사랑하는 일도 그와 다르지 않으리라.

나는 한 편의 시를 쓰는 일이 내가 꿈꾸었던 최초의 깃털을 당신에게로 무사히 이동시키는 일이라고 여긴다. 깃털은 이토록 형형하고 생생한데 깃털을 손에 쥐려는 순간 말들은 처참하게 부서진다. 불씨가 사그라진 잿더미를 뒤적이며 '내가 하려던 말은, 그러니까 내가 하려던 말은……' 참담해지는 모든 순간이 나에겐 시쓰기의 과정이자 사랑이다.

나는 내 안의 어린 짐승들을 다독이며 그럼에도 당신에게로 가려 한다. 내 믿음의 근원은 나를 대신해서 저 거대한 청동의 산을 옮겨줄 사람—신의 존재에 있지 않다. 산을 옮기는 방법은 하나가 아니라는 데서 발원하는 믿음에 가깝다. 어느 날 나는 이런 문장을 적었다. "저렇게 큰 산을 어떻게 옮기냐고요/네, 산은 옮길 수 없으니 산이지요/하지만 내 안에서 당신이 솟아올랐으므로/나는 높습니다"(「청혼」) 깃털은 여전히 청동의 산꼭대기에 놓여 있지만 나는 이 문장을 씀으로써 깃털의 옮겨짐에 상응하는 높이를 얻었다. 나는 그것을 깃털, 즉 사랑의 옮겨냄이라고 믿고 있다.

혹 당신이 빈 노트를 펼쳐 시를 옮겨 적을 때, 무언가 당신에게로 건너오는 느낌을 받았을까. 무엇이 건너왔는지는 설명할 수 없어도 무언가가 분명히 건너왔다고. 그런 당신을 위해 쓴 편지를 동봉한다. 시를 쓰는 내가 당신에게 주고픈 말은 이것이 전부. 꼭 시가 아니더라도 무언가를 옮겨내느라 분투중인 당신의 뒷모습이 너무 오래 춥지 않기를 바랄 뿐이다.

안녕하세요. 안희연입니다.

모두들 각자의 자리에서, 각자의 속도로 잘 걷고 계신지요.

저의 초록빛 시집, 『여름 언덕에서 배운 것』을 만나주셨다는 소식을 들었습니다. 노트에 시를 옮겨 적는 경험, 어떠셨나요. 저는 한 사람의 필체에는 그 사람의 습관과 성향을 비롯한 많은 것이 담겨 있다고 믿는 편인데요(악필이냐 달필이냐는 그리 중요한 문제가 아니고요). 같은 문장도 누가 언제 적느냐에 따라 저마다 다르다는 사실이 놀랍게 다가오기도 하셨을까요. 모쪼록 저는 여러분들이 이쪽에서 저쪽으로 무언가를 옮겨냈다는 사실이 감격스럽습니다. 여러분께서 시간과 품을 들여 '옮겨낸 것'은 단순한 검은 글자가 아니니까요.

시가 무엇이냐는 질문을 종종 받곤 하는데 오늘은 이렇게 말해보겠습니다. 이쪽에서 저쪽으로의 옮겨짐, 그것이 시라고요. 무엇을 옮기느냐고 묻는다면 저도 확실히는 모르겠습니다. 옮기는 일에 재능이 있는지, 옮기는 과정에서 유실된 것은 없는지, 애초에 옮긴다는 게 가능한 일인지도 확신할 수 없습니다. 그저 한 편의 시를 써내려가는 일이 어디 있는지도 모를 산 하나를 옮기는 일에 가깝다고 말할밖에요. 그래도 쓰기-옮김의 과정에서 우리는 실감할 수 있습니다. 흩어지는 구름을 보면서, 흙을 파헤치는 손을 보면서, 마음은 정직하게 아팠노라고 말합니다. 저는 거기에 진실이 있다고 믿어요. 우리가 옮기지 않는다면 산은, 아니 시는, 영락없이 글자 안에 갇혀 있으리라는 사실도요.

산을 옮기는 일이 비단 시의 일이기만 할까요. 아침에서 저녁으로, 과거에서 미래로, 삶에서 죽음으로, 상실에서 애도로 끊임없이 무언가를 옮겨야만 하는 우리는 모두 뒤축이 닳은 구두를 신고 있는 존재들입니다. 최근에 저는 『하얗고 검은 어둠 속에서』(조너선 비스, 장호연 옮김, 풍월당, 2021)라는 책을 아껴 읽었는데요. 이 책은 클래식 음악, 그중에서도 베토벤과 슈만에 대한 저자의 구체적인 생각과 감응을 담고 있지만 예술 일반론으로 보아도 무방할 것 같습니다. 피아니스트인 저자는 자신이 음악에서 추구하는 바는 보편적인 의미의 '완벽'과는 다르다고 이야기하면서 다른 사람의 연주에서 가장 듣고 싶은 것은 "호기심, 사랑, 유머, 상상력, 열린 마음"이라고 말합니다. 나열된 다섯 가지 항목을 곰곰이 들여다보니 모두 제가 필요로 하고 얻고자 노력하는 것들입니다.

여름 언덕에서 우리는 무엇을 배울 수 있을까요? "이제는 여름에 대해 말할 수 있다"(「열과」)고 말하게 되는 순간이 오긴 올까요? 여름은 생각보다 길 것입니다. 여름은 우리에게 실패와 죽음을 경험시키고 최선의 결과가 최악임을 상기시킬 것입니다. 여름의 혹독함에 관해서라면 백 문장도 더 나열할 수 있지만 그렇다 해도 여름은 어떠하다고 쉽게 결론 내리지는 않았으면 해요. 마침내, 결국. 그런 말들은 저 멀리에 두고 대신 이런 단어들—호기심, 사랑, 유머, 상상력, 열린 마음을 곁에 두는 삶을 살아요. 당신의 손은 이쪽에서 저쪽으로 무언가를 옮겨낸 손이라는 사실을 기억하세요.

"깊은 어둠에 잠겼던 손이 이전과 같을 리 없으므로/그 손이 끈질기게 진흙덩어리를 빚을 것이므로"(「아침은 이곳을 정차하지 않고 지나갔다」).

또 어떤 말이 필요할까요.

저는 그저 당신의 안녕을 빌어요.

물속에 떨어뜨린 한 방울의 잉크 같은 사랑을 꿈꾸며,

안희연 드림.

사랑의 단상

내가 사랑하는 책들에는 두 가지 공통점이 있다. 당장 책상으로 달려가 글을 쓰고 싶게 만들거나 이불을 뒤집어쓰고 울게—아예 글 자체를 쓰지 못하게 만들거나. 전자는 내가 그 책으로 인해 들어올려졌다는 뜻이고 후자는 내가 그 책으로 인해 가라앉았다는 뜻이다. 양쪽 모두 나를 정신 못 차리게 하는 기쁨.

*

롤랑 바르트의 『사랑의 단상』은 후자에 해당되는 책이다. 이 책은 나를 한없이 빈곤하게 만든다. 그냥 가난이 아니라

극빈極貧. 사랑에 관해 이보다 훌륭하게 말하는 책은 앞으로도 없을 것이다. 그럼에도 내가 사랑에 대한 말하기를 지속한다면 그건 일종의 헌사에 가깝다. 보고 있나요, 당신? 나는 당신의 책 속에 허리를 묻었습니다.

*

허리를 묻는 일에 대해 생각한다. 발목을 묻을 수도 있지만 이왕이면 허리를 묻고 싶다. 발목을 묻으면 언제든 도망갈 궁리를 하게 되지만 허리를 묻으면 두 손이 자유로워진다. 가라앉은 종이배를 건져 하늘에 띄울 수도 있고 날아가는 새의 목덜미를 쥐어볼 수도 있다.

*

노을을 보면 드는 생각; 누가 새의 목덜미를 쥐고 있었나. 피가 안 통할 만큼 세게. 그것이 현실이고 운명이고 슬픔의 끝 간 데라는 듯 거칠게. 다음은 없다는 듯이. 그러다 제 슬픔에 겨워 손의 힘을 풀었구나. 그제야 핑그르르 도는 피, 저녁.

*

그런 풍경은 나를 무릎 꿇린다. 투신하고 싶어진다.

*

나무는 심(는)다고 하지 묻(는)다고 하지 않는 이유가 궁금하다. 생각해보니 심는 행위와 묻는 행위는 거울 속 나와 거울 밖 나만큼이나 멀다. 밤에는 묻고 낮에는 심는다. 도망치려면 묻어야 하고 책임지려면 심어야 한다. 묻는 것은 등 뒤에 있고 심는 것은 눈앞에 있다. 같은 하늘 아래.

*

사실 나는 나무가 되고 싶은 건지도 모른다.

*

얼마 전까지 성격 유형을 식물에 빗대어 분석해주는 웹 애플리케이션에 푹 빠져 있었다. 몇 개의 퀘스트를 거치면 나라는 사람의 성향에 가장 근접한 식물이 최종적으로 나타나는데 그중 첫 질문은 '어떤 씨앗을 심을 것인가'에 관한 것이었다. 네 개의 예시 중 하나를 골라야 했다.

1) 단단한 줄무늬 씨앗

2) 털이 난 가벼운 씨앗

3) 커다랗고 통통한 씨앗

4) 빛나는 황금빛 씨앗

재미 삼아 시작했는데 첫 질문부터 거대한 철문 앞에 서 있는 기분이었다. 미간까지 찌푸리며 고심을 거듭했다. 사실 마음은 빛나는 황금빛 씨앗을 고르고 싶어했지만 어쩔 수 없이(?) 단단한 줄무늬 씨앗을 골랐다. 그 결과 나에게서 최종적으로 피어난 식물은 장미였다. '애정이 넘치며 눈에 띔'이라는 설명과 '기대가 크고 목표지향적인 사람'이라는 분석이 뒤따랐다.

친구들의 결과는 달랐다. 레몬나무, 중국소나무, 곰발바닥('절실한 사랑'이라는 꽃말을 지닌 다육식물의 일종) 등. 나는 결과에 승복하고 싶지 않았다. 장미를 전복하고 싶었다. 수차례 애플리케이션을 재생해 내 삶의 다른 가능성을 타진해

보았다. 나라는 사람은 어쩔 수 없이 장미이고 장미이겠지만 혹시 내가 다른 선택을 했더라면 다른 모습으로 살 수 있지 않았을까 미련이 남아서였다. 하지만 회를 거듭해봐도 달라지는 건 없었다. 설령 몇 번의 시도 끝에 마음에 쏙 드는 근사한 식물에 도착했다 하더라도 결국엔 내가 장미라는 사실만 더 분명해질 뿐이었다.

*

희미와 티미. 내가 소설을 쓰는 사람이었다면 두 사람을 주인공으로 한 소설을 썼을 것이다. 빛날 희熹에 작을 미微 자를 쓰는 희미는 바랜 햇빛 같은 목소리를 가졌다. 맴돌거나 부서지거나 흩어지는 일에 재능이 있다. 티미는 생각이 모자라 어리석고 둔하다는 뜻의 경상도 방언. 티미는 희미를 사랑하지만 어리석음과 둔함을 제 몫으로 가져 희미를 알아보지 못한다. 그럼에도 둘은 사랑한다. 둘은 같은 집에 살지만 한 번도 서로를 만난 적이 없다. 둘은 서로를 사랑한다. 그 사이에서 솟아오르는 사랑이 있다는 사실이 중요하다.

*

극지의 사랑; 『얼음 속을 걷다』(베르너 헤어초크, 안상원 옮김, 밤의책, 2021)에는 1974년 11월 23일부터 12월 14일까지의 시간이 담겨 있다. 작가이자 영화감독인 베르너 헤어초크는 어느 날 전화 한 통을 받는다. 파리에 사는 영화평론가 로테 아이스너가 위독하니 지금 바로 파리로 오라는 전갈이었다. 그러나 그는 파리행 비행기표를 끊는 대신 그녀에게 두 발로 '걸어서' 닿는 방법을 택한다. 뮌헨을 떠나 파리에 도착하기까지 소요된 시간은 총 22일. 때는 겨울, 누가 봐도 무모해 보이는 여정이었다. 그러나 그에겐 분명한 믿음이 있었다. 적어도 그가 파리로 향해 가는 동안에는 그녀가 죽지 않을 것이라는 믿음.

『얼음 속을 걷다』는 그 22일 동안 그가 마주한 모든 것에 관한 기록이다. 출간을 염두에 두고 쓰지 않아 장면은 뚝뚝 끊기고 생각은 여기저기로 널뛴다. 그럼에도 끝까지 이 책을 손에서 내려놓지 못했던 이유는 그가 견지한 믿음의 방식이 지독함과 지극함을 공평하게 품고 있었기 때문이다. 그는 무엇을 걸고, 무엇을 지불하며 걸었던 걸까. 무엇을 포기하고, 무엇을 붙잡았기에 그런 선택을 할 수 있었을까. 자연스레 생각은 시에 닿았다. 이 일련의 여정이 내게는 시의 탄생에 대한 메타포로 이해된 까닭이다. 어쩌면 그는 말의 도착을 지연시키는 방식으로 시의 시간을 살아내고 있었던 것은 아닐까. 성급히 의미를 낚아채지 않고, 시도 때도 없이 찾아오는 불안과 추위를 태워 재가 될 때까지 기다리는 일. 그런 뒤에야 비로소 도착하는 시.

*

사랑의 결함; 메리 올리버는 『긴 호흡』 서문에서 책을 쓰는 일을 '개를 목욕시키는 일'에 비유한다. 너무 깨끗한, 그래서 완전무결한 개보다는 왕겨나 모래가 묻어 있는 개가 훨씬 인간적이고 아름답다는 이야기. 한 권의 책에는 "편향과 열정이, 그리고 저자의 결함"이 담길 수밖에 없고 자신의 책 또한 그러하길 바란다는 이야기.

*

모든 인간은 자신만의 과수원을 가지고 있고 모두가 각자의 사과나무를 심는 존재들이라는 생각을 꽤 오래전부터 해왔다. 눈에는 보이지 않지만 눈 아닌 다른 것으로 본다면 분명히 존재하는 장소. 마음이라거나 심연이라는 단어로 쉬이 대체할 수 있지만 어쩐지 그러고 싶지 않은 장소 말이다. 사람에 따라 평생 하나의 나무만 공들여 심을 수도 있고, 최대한 많은 나무가 자신만의 속도와 모양으로 자라나는 풍경을 기쁘게 바라보는 이도 있을 것이다. 그러나 인간의 삶이 때때로 아니 사실은 자주 그러하듯 햇빛과 물이 늘 충분한 것은 아니다. 바라고 믿는 것과 무관하게 나무는 시들고 열매는 상한다. 그럼에도 그 나무를 어떻게든 길러보려고 편향과 열정을 다하는 것. 누가 내게 삶의 정의를 묻는다면 그렇게 말할 것이다. 예술 혹은 문학의 정의를 물어도 아마 같은 대답을 하지 않을까.

*

그래도 나무의 삶은 슬픈 것 같다.

*

햇살 속에 오래 서 있고 싶은 가을이다. 사랑에 대해 이야기하는 동안만큼은 창밖을 한 번도 보지 않았음을 깨달았다.

매단 나무

겨울이 오고 있다.

이 문장 속에는 커다란 두려움이 스며 있다. 내게 겨울은 '폴니르'를 든 토르처럼 무시무시한 계절이다. 폴니르는 고대 노르드어로 '박살낸다'는 뜻을 가진 망치의 이름. 폴니르가 지나가면 산은 평지가 되고 시간은 산산조각나기에 이른다. 물론 겨울이 나를 해칠 리는 없다. 그럼에도 나는 겨울에게서 흉포함을 느낀다. 겨울로부터 최대한 먼 곳으로 가고 싶다. 겨울만 되면 따뜻한 나라로 여행을 떠났던 건 그 때문. 인천공항에 도착해 탑승수속을 하기 전, 턱끝까지 지퍼를 채운 패딩 점퍼를 벗어 가방에 넣고 나서야 홀가분해질 수 있었다. 안녕, 지긋지긋한 겨울. 외투 따위 필요 없는 가벼운 몸으로 나는 떠납니다.

겨울을 좋아하는 사람들에게 묻고 싶다. 당신은 눈을 좋아하는 사람인가요? 대학 때 도넛가게에서 오래 일한 적이 있다. 눈이 오면 사람들이 신발에 묻혀온 눈 때문에 매장 바닥이 말도 못하게 더러워진다. 팔뚝에 이두박근이 생기도록 닦고 또 닦아도 끝이 없다. 짓밟힌 눈은 더이상 희지 않다. 깨끗하지 않다. 나는 풀지 않으면 혼나는 숙제처럼, 소탕해야 할 폭도처럼 눈을 바라본다. 눈은 내가 겨울을 사랑하게 돕지 않는다. 도리어 나를 미끄러트리고 엉덩방아를 찧게 만들 뿐.

이른 아침 걸려온 전화 한 통을 기억한다. 엄마는 방에서 자고 있던 나를 깨우며 말씀하셨다. 할머니가 돌아가셨단다. 온 세상이 하얗게 변한 날, 가셨구나. 참으로 할머니다운 작별이었고 그 순간만큼은 놀랄 만큼 담담했지만 그날 이후 내게 눈은 한 사람을 묻은 장소, 영원히 들어갈 수 없는 방이 되었다. 겨울만 되면 찾아오는 "새하얀 몰락"(「고트호브에서 온 편지」) 앞에서 할머니를 떠올리지 않을 방법을 나는 알지 못한다.

  겨울 스포츠를 사랑해서 겨울을 사랑하는 사람도 있을 터이지만 내게는 해당 사항이 없다. 스키나 보드 애호가들에게 겨울은 지상낙원일 것이다. 시즌권을 끊어 스키장에 살다시피하는 사람들 이야기를 종종 듣는다. 겨울 스포츠뿐 아니라 스포츠 자체에 큰 흥미를 느끼지 못하는 나로서는 사람들에겐 저마다 몰두의 대상과 방향이 있구나, 그것을 결정짓는 요인은 무엇일까 궁금해진다. 그래도 어려서는 눈썰매장이나 스케이트장 가는 것을 꽤나 좋아했던 것 같은데 이제는 요원한 일이 되어버렸다. 어쩌다 내 안에 시의 인자가 날아들어 거북목의 위협을 무릅쓴 책상 붙박이로 살게 된 건지, 몸 쓰는 재능은 처음부터 없었던 건지 (신에게) 따져 묻고 싶기도 하고.

  내게 없는 재능이 부러워서였을까. 최근에는 동계올림픽 중계를 유심히 챙겨 보았다. 특히 봅슬레이 경기는 볼 때마다 내 안에 잠재된 영혼이 깨어나는 것을 느낀다. 봅슬레이는 정해진 트랙을 빠르게 완주해야 하는 경기다. 썰매에 올라타는 순간부터 게임은 시작된다. 일단 한번 흐름에 올라타고 나면 자신의 몸짓과 사소한 기울기 하나하나가 시간을 단축시킬 수도 연장할 수도 있음을 인지하며 몸을 움직여야 한다. 썰매 안에서 선수들은 어떤 생각을 할까. 하기는 생각이 개입할 틈도 없을 것이다. 생각보다 먼저 몸이, 몸으로 익힌 감각이 그들을 끌고 갈 테니. 내가 경탄하고, 획득하고 싶은 자질도 그것이다. 생각의 돌에 깔리지 않도록 경계하기. 깔리더라도 곧장 바지를 툭툭 털고 일어나 출발선 앞에 서기. 썰매와 한몸 되기.

하지만 여전히 그것들은 내게서 멀고 겨울을 사랑할 이유는 되지 못한다.

그렇다면 겨울이 내게 꺼내 보일 수 있는 가장 유력한 패는 무엇일까. 아무래도 크리스마스가 아닐까 싶다. 한 해의 끝에서 크리스마스만큼 우리를 들뜨게 하는 이벤트도 없을 테니까. 하지만 크리스마스의 존재도 나를 설득하지는 못한다. 의미에는 충분히 동의하지만 변질된 풍경 앞에서는 뒷걸음질을 치게 된다. 그날만큼은 세상의 소란에 동조해야 할 것 같은 압박이 든다. 행복하지 않으면 행복한 척이라도 해. 와인과 케이크는 안 살 거야? 다정을 시험받는 기분. 거리마다 집집마다 놓인 크리스마스트리를 볼 때마다 생각했다. 너는 이렇게나 많은 것을 매달고 있구나. 어깨가 무거워 곧 주저앉을 것처럼 보이는데 괜찮은 거니.

「12월」이라는 시를 쓸 때가 꼭 그 마음이었다. 나에게 "겨울은 빈혈의 시간"이고 "피 주머니를 가득 매단 크리스마스트리 같은 것만 생각나"는 계절이다. 산타클로스와 천사 인형, 작은 동물들, 별과 달 그리고 색색의 구슬들. 시즌이 되면 상점에는 크리스마스 오너먼트가 넘쳐난다. 인간은 그것들을 주렁주렁 매단다. 그 위로 전구를 휘휘 둘러 억지로 빛을 강요하기까지 한다. 커다란 양말까지 매달아 선물을 내놓으라 윽박지르고 원하는 선물이 아니면 실망까지 전가한다(동심을 파괴해서 미안합니다). 그런데 우리, 정작 나무의 마음은 헤아려본 적 있나. 그 나무들 수혈이 필요하다고 어지럽다고 피 주머니를 매단 채 간신히 버티고 있지는 않을는지.

겨울은 춥다. 추위를 많이 타는 내게 겨울은 껴입을 수 있는 모든 옷을 껴입고도 충분해지지 않는 계절이다. 겨울은 내 정신과 마음의 한계를 시험하려 든다. 겨울이 지닌 수많은 아름다움에도 불구하고 여전히 나는 겨울을 사랑할 이유를 찾지 못한다. 겨울은 손과 발을 꽁꽁 얼리고 영혼을 앙상하게 만든다. 삽날이 들어가지 않는 언 땅 위에 나를 세워두고 '구해야 해, 네 발밑에 있어' 속삭인다.

하지만 내가 겨울을 사랑하지 않는 것과 별개로 겨울의 아름다움은 겨울의 아름다움으로 남아 우리 주위를 노래처럼 맴돈다. 크리스마스를 조금 앞둔 어느 겨울날, 친구의 집들이에 참석했을 때가 떠오른다. 각자 준비해온 선물을 꺼냈는데 모두 같은 선물이어서 화들짝 놀랐던 기억. 제주에서, 강릉에서, 동네 빵집에서 공수해온 슈톨렌이 한 상 위에 차려졌다. 우리는 무슨 이런 일이 다 있지 신기해하다 조금씩 잘라 맛을 보기로 했다. 어떤 것은 럼주가 많이 들어가 풍미가 깊고 어떤 것은 계피 향이 짙어 향긋하고 어떤 것은 견과류가 풍성해 씹는 맛이 좋고. 같은 슈톨렌이지만 모두 다른 슈톨렌 앞에서 각자의 취향을 셈하고 상대의 취향을 곁눈질하기도 하는.

겨울이면 편의점을 그냥 지나치지 못하고 기어이 호빵을 하나 사서 식으면 맛없을까봐 가슴팍에 넣어왔다며 반을 쪼개 건네는 사람. 나는 팥 호빵만 먹는데 왜 피자 호빵을 사 왔냐고 푸념하다 말고 아 이 사람 겨울에 태어났지, 깨달을 때에도.

겨울은 오고 있다. 올겨울은 어떻게 쓰일까. 그런 생각이 드는 걸 보면 사실은 겨울을 사랑하고 있는지도. 언젠가 마음이 동해 내 손으로 직접 크리스마스트리를 만드는 날도 올까. 아마 그럴 것이다. 다만 내가 내 몫의 크리스마스트리를 갖게 된다면 거기 아무것도 매달지 않으리라. 그저 나무가 오롯이 나무일 수 있게. 사랑이 그저 사랑일 수 있게.

그 겨울의 끝

가난도 자랑이 될 수 있다면 내게는 크나큰 자랑거리가 있다.

이 이야기를 하려면 기억의 상자에서 가장 아름다운 보물을 꺼내듯 할머니와 아빠를 꺼내야 하므로 잠시 심호흡할 시간이 필요하다. 시간을 거슬러 고등학생이 되어야 하고 교복을 입어야 한다. 작아진 치마를 옷핀으로 동여맨 채 친구들과 깔깔거리며 급식을 먹고 수저 내려놓기가 무섭게 매점으로 달려가 하드를 하나 입에 물어야 한다. 그리고 등나무 벤치로 향해야 한다. 그곳에 삼삼오오 모여 앉은 친구들에게 내가 한 가지 제안을 한다.

"방학 때 우리 할머니네 놀러 가지 않을래?"

친구들은 묻는다.

"너네 할머니네? 거기가 어딘데?"

나는 우리 할머니 댁은 강원도 산골에 있으며, 마을 어귀의 큰길(2차선 도로)에서도 좁은 시골길을 따라 30여 분은 더 차를 타고 들어가야 하고, 집 바로 앞까지는 차가 닿지 못해 길가에 차를 댄 뒤 산길을 걸어올라가야 한다고 말한다. 아궁이에 불을 지펴 방을 데우고, 가마솥에 밥을 해 먹고, 백열전구가 밤을 밝히는 초가집이라고 설명한다.

"집 앞에는 할머니의 텃밭이 있어. 작은 도랑이 흐르는데 도랑을 폴짝 건너뛰면 곧바로 할아버지 산소야."

도시에서 태어나 아파트 키드로 자라온 친구들은 눈을 동그랗게 뜬다.

"뭐? 그럼 무덤 앞에 집이 있는 거야?"

화장실 이야기를 하면 더 놀라워한다.

"화장실이 좀 독특한데, 보통은 양변기를 쓰잖아. 요즘은 시골에도 수세식 화장실 쓰는 경우 거의 없고. 그런데 할머니네 화장실은 대나무발을 걷고 들어가면(어, 문도 없거든)

판판한 돌이 두 개 놓여 있어. 그 돌이 발 받침대야. 돌 위에 왼발 오른발 올리고 쪼그려앉아서 일을 본 뒤, 그 옆에 삽이 있을 거거든? 그걸로 흙을 떠 덮으면 돼. 쉽지?"

친구들은 차츰 난처한 내색을 내비친다. 기회가 되면 가보자고 말해주는 착한 친구도 물론 있다.

그날의 대화는 시일이 지난 뒤 다시 한번 수면 위로 떠오른다. 학부모 모임에 다녀오신 엄마가 "희연아, 너 친구들에게 무슨 이야기를 어떻게 한 거니" 운을 떼며, 친구 엄마로부터 "희연이네 친가가 깡촌이라면서요? 아직도 그런 집이 있어요?"라는 말을 들었다는 거였다. 엄마는 가난이 무슨 자랑이냐고 엄마들 앞에서 창피해 혼났다고 씁쓸함을 내비치시며 그간 내가 알지 못했던 아빠의 가난에 대한 기억 하나를 보태주셨다. 논마지기 상당한 방앗간집 둘째 딸인 엄마가 찢어지게 가난한 집 막내아들인 아빠에게 시집가기로 결심 후 처음 시부모님께 인사드리러 갔을 때 엄마의 눈에 비친 너무나 놀라웠던 풍경에 대해.

"그때, 할머니 할아버지가 목마를 닦고 계셨어."

"목마? 회전목마할 때 그 목마?"

"응. 동전 몇 푼 받고 동네 애들 태워주는 거. 그 목마를 어찌나 정성들여, 먼지 한 톨 없이, 광나게 닦고 계시던지."

나는 눈물이 핑 돌았다. 우리 할머니 할아버지가 그러셨구나, 그러셨구나.

젊은 엄마 눈에 그 풍경은 어떤 막막함으로, 미래에 대한 불안으로 읽히기도 했을 터이지만 내게는 달랐다. 그 이야기를 전해듣는 순간 내 안에 가라앉아 있던 앙금이 휘저어진 듯 나를 둘러싼 세계가 완전히 다른 색으로 바뀌는 것을 느꼈다.

아, 거기가 내 시의 기원이구나.

나의 작은 목마.

그 집은 언제나 우리 가족의 중심에 있었다. 당신에게 집이 있습니까 그곳으로 돌아가고 싶습니까 누군가 물으면 내게는 가장 먼저 그 집이 떠오른다. 그 집은 빈집이 된 지 오래다. 다른 이에게 팔리지도, 허물고 새집을 짓지도 않았으므로 폐가의 모습으로 거기 있다. 도랑은 말랐고 흙벽은 허물어졌으며 잡풀로 뒤덮인 집안에는 세간 하나 남지 않았다.

할아버지 묘를 수목장으로 이장한 후에는 더더욱 적막해졌다. 비를 피하러 숨어든 산짐승이나 바람 외엔 아무도 드나들지 않는다.

그럼에도 우리 가족은 종종 그 집을 찾는다. 걸어서 5분 거리에 아빠 산소가 있기 때문이다. 아홉 살에 아빠를 잃었으니 흘러간 시간이 적지 않다. 그사이 언니도 나도 가정을 꾸리게 되었고 각자의 배우자에게 자랑처럼 그 집을 내보이기도 했다. "이래 봬도 여기가 내 존재의 시원이라고. 내가 가장 아끼는 비밀을 꺼내 보였으니 황송한 줄 알아." 괜한 으름장을 놓기도.

몇 해 전에는 엄마 언니 나 세 사람이 그 집으로 여행을 떠나기도 했다. 엄밀히 말하자면 아빠 산소를 잠시 들렀다 강원도 일대를 여행한 것이 맞지만 내게는 그 집으로 떠난 여행이나 다름없었다. 아빠에게 얼마 전 출간된 새 책을 보여드리고 안부를 전하는 것이 여행의 가장 큰 목표였으므로. "서울에서 부산까지 가는 가장 빠른 방법이 뭔지 알아? 사랑하는 사람이랑 가는 거래." 엄마의 싱거운 농담에도 그러네 맞네 추임새를 넣어가며 우리는 그 집을 향해 갔다. 그 겨울, 그 죽음, 그 폭풍의 언덕으로.

　아빠도 동행하고 있었을까. 이어지는 2박 3일의 일정 동안 하루는 숲속에서 하루는 침대에 누워 있어도 바다가 훤히 내려다보이는 방에서 묵으며 하루 열 시간씩 잠을 잤다. 특별히 맛집을 찾아다니지도 않았고 차 한잔을 앞에 두고 두세 시간씩 하릴없이 수다를 떨기도 했다. 참으로 느슨한 여행이었지만 딱 한 곳만큼은 꼭 가보자고 고집을 피운 곳이 있다. 구름 위의 땅이라고 불리는 '안반데기'라는 곳이었다. 강릉에 여러 번 오면서도 늘 차가 없어 미뤄야 했던 위시리스트 중 하나. 자주 안개로 뒤덮인다는 광활한 고랭지 채소밭. 해발고도가 높다는 정도의 정보만 있었지 어느 정도로 가파른 길인지는 알 턱이 없었기에 그곳을 향해 가는 내내 손에 땀을 쥐었다. 구불구불한 좁은 산길이 계속해서 이어졌기 때문이다.

　표지판을 보니 안반데기로 가는 고갯길 이름이 '닭목령嶺'이었다. 얼마나 빼빼한 길이었으면 닭의 모가지라는 이름이 붙었을까. 다행인지 불행인지 고개를 오르는 내내 중장비 차량 한 대가 우리 앞을 가로막고 있었고, 추월이 불가한 길이었기에 우리 차 뒤로도 줄줄이 소시지처럼 차들이 이어졌다. 뒤따르는 이는 답답함을 느꼈을 수도 있지만 그랬기에 보게 되는 풍경이 있었다. 나는 초록과 연두의 무한한 스펙트럼에 놀라고 그것을 섬세하게 배치했을 신의 손길에 감탄하며 잃어버린 시간 속으로 가는 길이 꼭 축축하고 캄캄한 것만은 아니라는 생각을 하고 있었다. 정상에 거의 다다라서야 길은 열렸다.

차를 세우고 내려서도 가파른 언덕을 30여 분 정도 걸었을까. 드디어 우리는 안반데기 정상에 올라 드넓은 세상을 내려다볼 수 있었다. 엄마는 몸과 마음이 씻기는 느낌이라 했고 나와 언니는 그 즉시 말을 잃었다. 존 버거의 산문 「삶의 한때」나 김사인 시인의 시 「풍경의 깊이」가 잠시 머리를 스치기도 했다. 모두 광활한 자연 앞에 선 작디작은 인간이 '시간의 영원성'을 감각하는 글들이었다. 산너머 산너머 또 산이 있고, 깎아지른 밭 아래 더 가파른 밭이 끝없이 펼쳐진 풍경. 시간이 영원히 고여 있을 것 같은. 그 풍경을 마주하고 있으려니 이상하게 눈물이 났다. 바람 때문에 눈이 매워 그렇다고는 했지만 마음이 무척 놀랐던 것은 사실이다.

그간 세상 곳곳을 다니며 아름다운 광경을 많이 보아왔기에 이제는 어떤 장면을 마주해도 방탄조끼를 입은 듯 무감했었다. 아름다운 것을 너무 많이 본 자는 불행한 사람이라고까지 생각했다. 그런데 아직 내게 느낄 수 있는 영혼이 남아 있다는 것이 나를 기쁘고도 두렵게 했다. 그 마음에 대한 보답이라는 듯 저 멀리 사슴 한 마리가 보였다. 금방이라도 부러질 것 같은 가는 다리로 성큼성큼 밭을 가로질러 숲으로 뛰어가는 사슴을 보면서, 작은 것에도 쉽게 옹졸해지고 미움으로 출렁이던 나 자신을 멀리멀리 떠나보낼 수 있었다. 인간의 의지로 이룰 수 없는 몫이 있음을 인정하게 되는 시간이었다.

풍경은 모두에게 공평하게 각자가 원하는 것을 내어주었던 것 같다. 안반데기를 뒤로한 채 다시 세상을 향해 내려오는 차 안은 얼마간 고요했지만, 이윽고 "엄마는 이제 눈물이 완전히 말라버렸어" "이런 풍경을 매일 보면 사람이 순해질 것 같아" "자연 앞에 놓이면 인간이 얼마나 나약한 존재인지 아니까" 같은 말들을 띄엄띄엄 주고받았다. 시간차를 두고 내려놓은 말들이 염주알처럼 하나의 실로 꿰어지는 것을 보면서 생각했다. 우리는 분명 쉽지 않은 시간을 지나 지금 여기에 이르렀다고. 이제 다시 시간 속으로 빨려들어가 아등바등 뒤뚱거리며 살겠지만 그것도 그리 나쁘진 않은 것 같다고.

봄에서 여름으로 가는 길목, 초록이 가장 무성하고 환한 시간. 우리의 짧은 여행은 그렇게 끝이 났다. 그리고 삶은 계속 이어졌다. 멈춘 적도 다시 시작된 적도 없다는 듯이.

에필로그

지금 제 앞에는 두 개의 공이 놓여 있습니다. 당신 그리고 밤이라는 공.

  저는 저글링을 시작합니다. 당신을 높이 띄웠다가 다시 밤을 높이 띄우는 혼자만의 놀이입니다. 혹여 손에서 놓칠 새라 잔뜩 긴장한 채로 어떻게 하면 당신을 더 높이 띄울 수 있을까, 내가 당신에게 줄 수 있는 자유란 무엇일까 생각합니다. 그러자니 밤이 필요합니다. 당신은 제 이야기의 근원이므로 당신 없이는 한 문장도 시작될 수 없지만 밤이 아니면 이 고백은 효력을 얻지 못합니다. 밤을 높이 띄워야 두 눈이 우물처럼 깊어지고, 깊어져야 솔직해질 수 있으니까요.

당신과 밤, 밤과 당신이 눈앞에서 뱅글뱅글 돌아갑니다. 두 개의 공으로도 충분하지만 그 사이에 하나를 더 놓아볼 때도 있습니다. 당신과 밤과 귤, 당신과 밤과 유가 사탕, 당신과 밤과 부엉이, 당신과 밤과 엽서, 당신과 밤과 시…… 당신과 밤 둘뿐일 때는 쇠공을 손에 쥔 것처럼 무거울 때가 많았는데 그 사이에 하나를 더 놓으니 다른 리듬이 생겨납니다. 물먹은 솜처럼 무거워진 마음 건져내 말릴 수 있고 마음 안에 작은 창과 난로를 들일 수도 있습니다.

그럼에도 당신은 자주 눈앞에 없는 사람, 살아서는 다시 만날 수 없는 모습으로 제게 왔습니다. 살면서 반드시 한 번은 통과해야 하는 기억의 터널이 있다면, 제겐 이 이야기들이 터널 안 풍경과 다르지 않습니다. 먹고 사고 사랑하는 일에 관해 가볍게 쓰려고 했는데 번번이 당신이라는 공이 발치로 굴러와 속삭였습니다. 나를 줍지 않으면, 이대로 두면, 나는 언제까지나 발에 차이며 굴러다니는 공으로만 남아 있을 거야.

    그래서 높이 던졌습니다. 당신에게 높이를 드리기 위한 글쓰기였습니다. 무겁고 축축했던 기억도 높이 던지고 나면 공깃돌처럼 가벼워진다는 것을 알았습니다. 다시는 들어갈 수 없는 방이라고 생각했는데 생각만큼 어둡기만 한 방은 아니었어요. 돌아볼 용기를 냈기 때문에 비로소 자물쇠를 채워 등뒤에 둘 수 있습니다.

    저의 이야기는 여기서 끝입니다.
    그러니 이제 가세요, 당신의 기억으로.
    그곳에서 슬픔을 탕진할 때까지 머무세요.

2023년 3월
안희연

당신이 좋아지면, 밤이 깊어지면
ⓒ 안희연 2023

초판 1쇄 발행 2023년 3월 30일
초판 5쇄 발행 2024년 8월 9일

지은이 안희연
펴낸이 김민정
책임편집 김동휘
편집 유성원 권현승
표지 디자인 한혜진
본문 디자인 최미영
저작권 박지영 형소진 최은진 오서영
마케팅 정민호 박치우 한민아 이민경 박진희 정유선 황승현
브랜딩 함유지 함근아 박민재 김희숙 이송이 박다솔 조다현 정승민 배진성
제작 강신은 김동욱 이순호
제작처 더블비(인쇄) 신안문화사(제본)

펴낸곳 (주)난다
출판등록 2016년 8월 25일 제406-2016-000108호
주소 10881 경기도 파주시 회동길 210
전자우편 nandatoogo@gmail.com
페이스북 @nandaisart 인스타그램 @nandaisart
문의전화 031) 955-8875(편집) 031) 955-2689(마케팅)
팩스 031) 955-8855

ISBN 979-11-91859-48-5 03810